L'Arcipelago Einaudi
204

www.einaudi.it

ISBN 978-88-06-21649-8

Marcello Fois

L'importanza dei luoghi comuni

Einaudi

Al femminile carsico
che è in me

L'importanza dei luoghi comuni

I fiori, l'erba e le altre cose bellissime
verranno forse dopo. Ma ci basta.

FABIO PUSTERLA, *Le terre emerse*.

La geografia e tutte le coordinate

Marinella entrò per prima. C'era un odore estraneo e familiare insieme. Quell'ingresso aveva tutta l'aria di essere una stanza qualunque, di quelle in cui si passa senza nemmeno guardarsi intorno. Di quelle con l'attaccapanni a muro e la mensola per appoggiare le chiavi. Tutt'al piú il portaombrelli. Una normalità invisibile, insomma, ma già abitata da un'inquietudine amara.

Marinella scosse la testa per scacciare via qualunque ricordo potesse affiorare da quel trovarsi lí. Da quell'annusare tutta la vita che vi era trascorsa di passaggio, nella malinconia di un limbo attrezzato: uno specchio sopra la mensola, qualche miniatura industriale alle pareti e persino una piccola lampada in stile vagamente medievale con luci a forma di fiamma di candela. Automaticamente, sostando davanti allo specchio, si sistemò i capelli, perché quella era la casa di suo padre, e perché in quell'ingresso lui era passato senza rendersi conto di passarci – è proprio questo che succede negli ingressi – e poi perché sulla superficie di quello specchio era scivolata chissà quante volte la sua immagine possente.

A pochi passi una porta spalancata lasciava intravedere l'altra stanza, quella principale. E forse, pensò Marinella, era da lí che scaturiva quell'odore persistente di tabacco. Tutto il centro di quella stanza era occupato da un tavolo massiccio circondato da sedie imbottite nello stesso stile. E sul tavolo Marinella notò che c'era un brutto vaso appoggiato su un bruttissimo pizzo fatto all'uncinetto.

Pensò a quello che aveva fatto. All'improvviso.

Forse fu proprio quella silenziosa mediocrità da cui si sentiva assediata a farglielo pensare. Scosse ancora la testa come faceva ogni volta che voleva rimuovere i brutti pensieri.

Rabbrividí.

Ebbe una fitta perché capí fino a che punto quell'ordine raggelato significasse l'assenza di qualunque forma di vita dentro quella casa. Si vedeva bene, sarebbe stato impossibile non notarlo, che tutta la stanza era rivestita da una carta da parati verde scuro che dava alla luce circostante una qualità palustre, anzi di giungla riprodotta in vitro, sicché ogni suono: di tubi gorgoglianti, di tende striscianti, di spifferi sibilanti, sembrava poter essere ricondotto a iene, o scimmie, o serpenti.

Marinella scacciò anche quel pensiero: quella era la casa dove suo padre era vissuto senza di loro. E per loro intendeva senza di lei e senza la sua sorella gemella Alessandra, che ancora non si decideva a entrare.

Era sua gemella, quindi, nonostante non la vedesse, la sentiva dietro di lei. Ne sentiva con chiarezza il disagio, perché era il suo stesso disagio. Dentro quella casa era morto il loro padre, proprio quello che le aveva abbandonate bambine e non si era mai piú fatto sentire.

Certo potevano ricordare che era stato un uomo grandissimo, enorme, certo. E poi che aveva uno sguardo liquido, insondabile. Azzurro, diceva Marinella che fin da piccola avrebbe voluto studiare astrofisica; grigio, diceva Alessandra che da tempo non si aspettava niente da nessuno. Ma questa discrepanza sul colore degli occhi dipendeva soprattutto dal fatto che ognuna di loro si arrogava il diritto di ricordare piú cose dell'altra.

Per quanto potevano saperne le gemelle, Ernesto Cappello, il padre naturale, le aveva abbandonate un quarantennio prima, quando non avevano ancora otto anni. Cosí perlomeno diceva Alessandra, mentre Marinella ricordava alla perfezione che gli otto anni li avevano festeggiati ancora con lui e che, anzi, quella festa di compleanno era stata l'ultima occasione in cui la famiglia si era ritrovata tutta insieme. Con quella faccenda in mente – degli otto anni sí o no – Marinella poteva persino ricordare che tanto tempo prima si erano riuniti intorno a quel brutto tavolo massiccio che ora poteva intravedere oltre la porta aperta.

Alessandra stava dietro di lei, la sentiva respirare dentro a una mascherina di quelle che i ciclisti delle metropoli mettono per filtrare l'aria viziata dai tubi di scappamento delle automobili.

– Puoi entrare? – sussurra appena con la certezza che Alessandra, a pochi passi da lei, è in grado di sentirla con precisione. Non sa perché le succede, ma come al solito, quando si tratta della sorella ogni imperativo diventa un interrogativo, poi un'implorazione: – Puoi entrare, per favore?

E Alessandra, piú che entrare, semplicemente le si mette al fianco. Con la mascherina sul muso ha l'aspetto di una creatura aliena.

– Non dici nulla? – chiede ancora Marinella appoggiando un mazzo di chiavi sul piano della mensola. – La casa di papà... – sospende guardinga.

Alessandra fa cenno di no. Che non dice proprio nulla. Ma si sta guardando attorno con aria scettica: l'ingressino modesto, la sala oltre la porta, la carta da parati.

Marinella la scruta come se avesse bisogno di una risposta.

Cosí Alessandra tira in avanti la mascherina per liberare la bocca: – Ho giurato che non avrei parlato –. E si risistema la mascherina.

Marinella prova il tono conciliante, quello che nel tempo qualche vittoria gliel'ha data:

– E va bene, ma dal momento che l'hai appena fatto, di parlare intendo, possiamo dichiararci sciolte dal giuramento…

Alessandra fa esattamente lo stesso gesto di poco prima per parlare: – La fai facile tu, ma non è cosí facile…

– Ma cosa?

– Sciogliersi da un giuramento, voglio dire non è come quando eravamo bambine che bastava dire che un giuramento era sciolto per scioglierlo.

– Quindi?

– Quindi ho giurato: niente commenti, niente di niente, muta come un pesce… E non intendo venir meno al mio giuramento –. E, di nuovo, ma con una specie di pignoleria teatrale, si rimette la mascherina.

– D'accordo, ma vorrei farti notare che, per ribadire il tuo voto del silenzio, hai appena parlato…

– Intendi questo? – scandisce Alessandra senza neanche liberare la bocca da quello strano bozzolo bianco sorretto da due elastici che le corrono dietro la nuca.

– Esattamente, – conferma Marinella.

– Beh, questo non è mica parlare: è dire qualcosa… – fa l'altra che ormai ha capito che può comunicare tranquillamente senza stare a liberare il muso.

– Ah, quindi dire che non si parlerà non è parlare... Io, pensa un po', mi ero convinta che il fatto stesso di emettere suoni, o lettere, attraverso la bocca significasse parlare... – La frase è partita bella chiara lineare e anche piena di significato. Tutto bene, dunque, fino a che il silenzio della sorella non diventa davvero pesante. E Marinella lo sa che Alessandra non risponde per farla vacillare. E sa bene che la vuole implorante. Cosí lei l'implora: – No? – Ma quell'altra questa volta sembra chiusa in un mutismo inespugnabile. – Va bene... – conclude Marinella, ma come se le scappasse da piangere e stesse facendo tutto il possibile per non farlo.

Quanto fosse ostinato, persino pedante, il destino, Alessandra lo sapeva bene perché lei in persona era un'agente del Destino nel Mondo. Lei si sentiva esattamente l'unica sulla terra che avesse capito, senza ombra di dubbio, come andavano le cose. Era come se fosse un'impiegata che conosceva fin troppo bene il suo Capoufficio. Per lei le cose avvenivano come era giusto, e cioè perché progettate esattamente per far sí che avvenissero. Punto. Esisteva, da qualche parte, un posto sterminato dove si archiviavano i fatti prima della loro distribuzione... Ed esisteva qualcuno che aveva il dono sublime di sapersi muovere dentro a quello spazio infinito. Dentro alla casa, che era stata della famiglia per poco tempo, e poi solo del padre, aveva sentito una leggera fitta subito ricacciata in basso tra la gola e lo stomaco, come si fa con i segreti irraccontabili. E aveva aspettato che quell'angoscia, in forma di amarezza feroce, si accumulasse in un punto da cui fosse difficile risentirla.

Alessandra dopo i trent'anni aveva smesso di

pensare che era interessante essere una donna interessante e si era iscritta in palestra. Poi aveva fatto tutto quello che aveva ritenuto necessario per non sembrare una che aveva fatto ricorso a ogni sistema possibile pur di non constatare che il tempo passa. Aveva paura del patetico. Aveva paura di quel bisogno di consolazione che sua sorella tendeva a coltivare. Cosí si era lasciata convincere ad accompagnarla, ma aveva posto le sue condizioni, tanto per non cedere senza combattere.

Si era lasciata convincere, e questo già non poteva perdonarselo. Per lei era chiarissimo da subito cosa potesse aspettarsi da quel posto, quale tremendo senso di squallore potesse diffondere nel petto la luce salmastra che scaturiva dalle pareti; in quale tristezza cremosa di mobiletti industriali e ninnoli da rigattiere potessero affondare le caviglie come in un pantano; quale oscena voluttà scaturisse dal puzzo di sigaro misto all'umidità dello spazio restato chiuso troppo a lungo.

Eppure fu costretta a riconoscere una certa, precisa, pulizia diffusa nella casa, come se, nonostante i mesi in cui era stata disabitata, la polvere avesse deciso di risparmiarsi. Certo si trattava di una nitidezza tutta formale, come senza un'anima, come un falso che volesse mimare il vero.

Alessandra aveva giurato che non avrebbe parlato. E, infatti, non parlò.

Quel silenzio la immobilizza. Marinella si sente una lepre con lo sguardo incollato ai fari di una macchina. Il mutismo della sorella l'affascina e la inquieta. Sempre s'illude di poter resistere e ogni volta cede.

– A pensarci bene l'hai fatto sempre, – spara cosí nel silenzio immobile. E continua senza nemmeno aspettarsi una reazione: – Tu le regole te le sei sempre fabbricate su misura. Come quando si faceva il gioco del silenzio... Una volta ti sei dichiarata vincitrice perché avevo starnutito...

E qui Alessandra deve reagire perché non è ammissibile che si possano fare affermazioni del genere sul suo conto: – Beh, lo starnuto era emettere lettere comunque... – chiarisce dopo essersi sfilata la mascherina.

– Lettere? Dici ancora queste cose?

– E e C sono nell'alfabeto, no?

– Ah, E e C... Tu continuavi a interrompere il gioco per dire che vinceva chi non parlava...

– Sí... Ribadivo le regole perché tu tendevi, e tendi, a ignorarle...

– Cose da matti! Io tendo a ignorarle: uno starnuto sono due lettere, ma parlare per dire che il gioco consiste nel non parlare non è parlare! Eh, non era parlare quello?

– E poi hai la tendenza ad alterarti... Mantieni il rancore, tutto qui...

– Dici che io tendo a ignorare le regole proprio mentre sto dicendo a te la stessa cosa... Non mi altero! – È questo che la fa impazzire di Alessandra... Proprio questo.

Per un po' non si dicono niente. Dentro a quella casa non si sente nient'altro che le urla lontanissime di iene affamate nei tubi e i sibili fischianti di serpenti velenosi nei radiatori.

– Il rancore? Che rancore? Cosa intendi? – insiste a un certo punto Marinella come se porgesse la testa al boia.

Alessandra sorride soddisfatta: – Intendo che quando hai torto ti alteri e colpisci alla cieca, piú hai torto e piú ferisci, lo so, ci sono abituata... – scandisce.

– O Signore, aiutami tu!

Quando squilla il suo cellulare, Alessandra sussulta appena. Marinella la guarda conservando sul viso uno strascico di quel disappunto.

– Rispondi tu... – dice a tradimento, porgendo il telefono alla sorella.

Marinella lo prende con titubanza: – Io? E che devo dire?

– Quello che vuoi! Ah, di' che non posso parlare, che ho una sorella egoista, che per quanto faccia non c'è verso di farsi capire da lei…

– No, non può parlare, sa, ha una sorella egoista, per quanto faccia non c'è verso di farsi capire da… Ha messo giú…

Alessandra si avventa sul telefono e se ne riappropria stupita che Marinella l'abbia presa sul serio. – Pronto… pronto?… Ha messo giú davvero… Ma che ti è saltato in mente?

– Ho fatto quello che mi hai detto tu…

– Sarai contenta adesso, magari era un ingaggio, ma a te cosa può importare… con i tempi che corrono il lavoro è prezioso…

– Mi hai detto tu di rispondere e anche esattamente cosa dovevo rispondere…

– Era per dire… L'hai fatto apposta!

– Ho eseguito alla lettera, dovresti essere contenta…

– Ecco come sei fatta tu: disobbedisci anche quando apparentemente obbedisci. C'era una sfumatura che non hai voluto cogliere in quello che ho detto…

– Come non capire che il tuo parlare durante il gioco del silenzio non era parlare, ma dire?

– Sei pessima e rancorosa…

– … mentre il mio starnuto erano ben due lettere!

– Rancorosa! Ecco! come diceva la mamma…

– La mamma non ha mai detto niente del genere… Niente…

– O sí, altroché... Certo non veniva a dirlo a te: la vedi la mamma che viene a dirti sei rancorosa, figlia mia, e pessima?

– No, non ce la vedo perché non l'ha mai detto...

– ... Va bene, tutto a posto, non l'ha mai detto... Contenta?

Senza aspettare una risposta Alessandra si rimette la mascherina.

Erano cosí assorte che non si resero nemmeno conto di aver oltrepassato la porta che introduceva in quella sala da pranzo, o tinello, eppure al suo interno la carta da parati a disegni vegetali, da cui era completamente rivestita, oscurava radicalmente la luce, come se si fossero addentrate nel fitto di un intreccio di mangrovie che si opponevano ai raggi del sole. Dalle intercapedini, dalle tubature, dalle fessure scaturivano urla di macachi e sibili di vipere fischianti che Marinella e Alessandra udirono con chiarezza. Si guardarono intorno e per la prima volta si accorsero che quelle grida di tela strappata non erano nient'altro che l'espressione di tutte le ore che avevano portato sulle spalle. Eppure fecero finta di nulla, come fossero leggerissime, lasciarono che qualunque pensiero svanisse...

Si sentí uno scalpiccio poco distante, oltre l'ingresso, come se qualcuno si stesse pulendo con forza le suole delle scarpe sullo zerbino. Si bloccarono, in attesa. Allo stesso tempo la giungla smise di risuonare, quasi che, finita la concitazione dell'allarme, tutte le prede avessero trattenuto il respiro per far passare il predatore sperando che non si accorgesse della loro presenza.

Non era nessuno. Dal profondo delle mangrovie si alzò uno spiffero.

Alessandra si sedette su un divanetto modesto, non prima di essersi sincerata che fosse pulito. Assunse la sua posa solita, quella da signora per bene con le cosce allineate e le gambe oblique dalle ginocchia in giú.

Marinella restò in piedi decisa a non lasciarsi sfuggire nemmeno il piú piccolo particolare della stanza. C'erano porzioni squadrate in cui la carta da parati appariva smagliante, come smaltata. C'erano fasci di pulviscolo che fendevano i piani rigidi dei mobili e attraversavano gli oggetti come una lama rovente nel burro.

Lei di questo tipo di pignoleria aveva fatto uno stile di vita, perché aveva capito che occuparsi delle minuzie le impediva di farsi travolgere dagli eventi.

In questa rassegna pedante della parete di fronte a lei, lo sguardo di Marinella s'imbatté in un brutto quadro che rappresentava un mare in tempesta, acqua ribollente e fumante che ingoiava un'isola. Blu profondo che schiumava in grossolani ciuffi bianchi intorno a una roccia scura. Marinella poté notare che sulla superficie cremosa del colore, apparentemente compatta, in cui si rappresentava quella lotta tra il mare ruggente e l'esile lembo di terra emersa, correvano migliaia e migliaia di crepe minuscole.

Alessandra si sistemò la gonna poco al di sotto delle ginocchia, quindi allineò le caviglie stirando le punte dei piedi. Le venne in mente di chiedere a Marinella cosa stesse facendo esattamente con la faccia attaccata a quel quadro orrendo, ma non lo fece perché sapeva che il pericolo di fare una domanda a Marinella consisteva nel fatto che lei poi rispondeva.

– Sentiamo... Quando l'avrebbe detto? – incalza Marinella senza staccare la faccia dalla crosta.

Ora è chiaro che oltre il folto della giungla disegnata sulla parete, dove si allarga uno specchio d'acqua, si sentono i cinguettii, e i battiti d'ali concitati delle bufanghe che devono abbandonare il dorso roccioso del rinoceronte mentre s'immerge.

– Quando piangevi perché tuo padre se n'era andato... Cosa credi che pensasse la mamma della tua reazione? – Nonostante sia piú intenta che mai a mantenere la sua posa Alessandra non si è lasciata cogliere di sorpresa.

Finalmente Marinella si volta. Le è rimasto attaccato nello sguardo qualcosa di tutto quel microscopico cretto arido che strazia le pennellate di colore azzurro e verde del mare in tempesta e dell'isola che lotta per non essere inghiottita, e del frastuono dei piccoli, fuggitivi, uccelli servizievoli. Il suo tono è incuriosito e minaccioso: – Cosa pensava?

Alessandra si sistema meglio come se la risposta che deve dare necessitasse di una certa, ulteriore, comodità. È evidente che non ha nessuna paura di quanto sta per dire: – Niente di che, le mamme, l'ho capito a mie spese, devono rassegnarsi a essere creature semplici… ma certo dimostrare un tale dolore per l'assenza di uno che decide di abbandonare la moglie e le figlie…

– Perché mi stai facendo questo?

– Sei tu che l'hai chiesto e magari, una volta tanto, ho deciso di risponderti… – fa scivolare la punta del dito sul piano di un tavolino davanti al divanetto. – Mica tanto pulito qui…

– Cosa pensava la mamma?

– Lasciamo perdere, stiamo prendendo una brutta piega, no?

Balzando in piedi l'abbracciò d'improvviso, come sapeva fare lei, con una foga tale che veniva il sospetto volesse soffocarla o impedirle di pensare o vietarle di rispondere. Fece uno scatto verso Marinella, poi sembrò cambiare idea, ritornò verso il divano dove aveva appoggiato la sua borsa, l'aprí, ci frugò dentro, ne estrasse un pacchetto che strappò: conteneva una sciarpina di seta. Un capo educatissimo, la quintessenza della sciccheria, color tortora con una fantasia animalier.

Afferrò la sciarpa e la mise al collo della sorella come avrebbe fatto una pazza in un raptus omicida, ma sorrideva come una vetrinista fiera del suo manichino.

– Sorellina, stai d'incanto… La fantasia è perfetta, ero un po' indecisa sul colore…

– Non dovevi…

– Sei la mia sorellina, no? Certo che dovevo…

– Sei stata gentile, ma davvero, non c'era nessun bisogno…

– Oh dài, poche storie! Fai la formale con me? – Lo squillo del suo telefono interrompe qualunque possibilità di replica. – Pronto? Sí, sí, il numero è quello giusto… No, mia sorella in vena di scherzi… Già… Mh, mh… No… Sí… Certo, sí, sí, sí… No, la faccenda è andata un po' diversamente ma lasciamo perdere, lei ha chiesto i piatti col bordo in oro zecchino e non ha voluto sentire ragioni… E tu sai quanto io detesti l'oro zecchino… se adesso ha cambiato idea non so proprio cosa dire… Mh va bene, fammi sapere –. Alessandra riattacca con un sospiro. – Il lavoro… – chiarisce. – Quando manco è il finimondo…

– Capisco… – tenta Marinella, ma è chiaro che l'argomento la mette a disagio.

– A proposito di lavoro, per quella faccenda del posto di ricercatore all'università, hai novità? – butta lí Alessandra e, come al solito, quando butta lí fa male.

– A proposito… No… – La voce di Marinella si sta incrinando, vorrebbe ritornare all'assorta consapevolezza di poco prima, quando, sullo strato di colore del quadro davanti al suo sguardo si era manifestato tutto il dolore della terra riarsa.

– Beh, non mi sorprende… – pare glissare Alessandra, e in quella presunzione si nasconde l'intento preciso di colpire. Dalle pareti si sta levando il respiro controvento di una leonessa che, passandosi la lingua sul muso, assapora il gusto ferruginoso della preda ignara.

– E sarebbe? – Ora la voce di Marinella si sta facendo sottile.

– Mah, dico che come al solito non lotti abbastanza per le cose che t'interessano veramente… – assesta Alessandra. Qualche iena maculata ha intuito la mattanza e alza lamenti acutissimi.

Marinella si vede costretta a schiarirsi la gola: – Cosí… Si parla del piú e del meno e tu riesci a dire una cosa del genere, come se niente fosse… Non azzardarti ad aprire la bocca! – urla capendo che Alessandra starebbe per replicare. – Come sarebbe che non lotto abbastanza? Che cosa avrei fatto negli ultimi quattordici anni? Eh? Che cosa ho fatto? Ho aspettato un concorso e nel frattempo ho cercato di fare al meglio quello che amo…

– E con quali risultati? Vivi di prestiti e non hai nemmeno uno straccio di casa... – taglia Alessandra, la piega lamentosa non le piace: lei avrebbe preferito una resa incondizionata.

– Te li ho sempre restituiti, mi pare... – Marinella fa come un movimento di marionetta, qualcosa di molto vicino a un tentativo di sgranchire le spalle.

– Che cosa? – provoca Alessandra, si è rassegnata a un piccolo, inutile, inseguimento prima della resa definitiva.

– I soldi che mi hai prestato, lo sai che ho dei periodi in cui non mi pagano... – dice infatti Marinella.

– Certo succede quando si segue la vocazione... Sai quale sarebbe stata la mia vocazione? Non fare un accidente. Niente di niente. Fare il matrimonio giusto e smettere di pensare... magari smettere di illudersi che esista che ne so, l'amore? Queste cose o le capisci subito o non le capisci piú... ma tu no: la vocazione... – E già, Alessandra ha affondato i canini nelle giugulari, con precisione.

Dalla giungla alle pareti piú nulla. È il silenzio sconcertato che segue la morte, quell'istante in cui la belva contempla il corpo che ha appena finito prima di affrontarne il sapore.

– Ce l'hai fatta, no? – Quanto tempo sia passato prima di questa constatazione Marinella non lo sa esattamente. Ma di tempo deve esserne passato perché si sente veramente stanca. Si guarda intorno per cercare da sedersi.

– Certo che ce l'ho fatta: ne dubitavi? – Eh sí, è passato del tempo, come quello che passa dalla febbre del fenomeno in atto alla pace del fenomeno stabilizzato.

– No no, figurarsi... Se c'è una cosa che è sempre stata chiara di te a tutti è che, comunque, ce l'avresti fatta... – Pareva che fosse finita, ma Marinella ritenta. Ora che si è messa comoda s'illude di avere qualche possibilità.

– Vuoi sapere qual è veramente il tuo problema una volta per tutte? – Alessandra percepisce quel barlume di reazione della sorella col disappunto con cui la leonessa assiste all'ultimo scatto di vita nella contrazione elettrica del tendine dell'antilope, e, in virtú di quel disappunto, preme con la zampa sul muso della sua vittima. Cosí, secca, definitiva, risponde: – Tu hai sempre voluto essere me.

Perciò dovettero affrontare un altro silenzio terribile. Il viso di Alessandra, screziato di ombre pluviali, conservò lo sguardo fisso, preciso, solo la sua lingua si mosse, spuntando improvvisa dalle labbra socchiuse per ripulire lo sporco dalla frase appena pronunciata. Marinella cercò di non guardarla perché sapeva da sempre che cosa significava la presunta fissità dell'espressione di sua sorella. Era successo altre volte, era successo ogni volta. I rumori si fermavano all'improvviso e lei prendeva quell'aspetto di predatore che, dopo aver fatto strazio di una carcassa, se ne sta all'ombra a digerire. Le zampe incrociate, l'aspetto fiero e indolente. L'aria di chi non ha assolutamente niente da rimproverarsi, se non la momentanea debolezza di aver ceduto a una provocazione. Questo era quello che sapeva fare. L'aveva fatto sempre.

Marinella trattenne un singhiozzo fingendo un colpo di tosse, qualche granello di polvere in gola. Era infuriata, ma con se stessa, perché sapeva che ci sarebbe cascata ancora. E ancora avrebbe tentato di avere ragione. L'espressione era importante, non mostrare sconcerto o, peggio, disappunto. Non dare ulteriori vantaggi. Pensò a un discorso, a una risposta da dare, provando a prevenirla...

– Lo dicevano tutti... – la previene, fredda, Alessandra.

Ogni progetto, ogni risposta, ogni discorso si discioglie in un attimo. – Chi lo diceva...? – urla esasperata Marinella e quell'esasperazione la denuncia.

– Non è questo il punto, ma si diceva... Si diceva per esempio che nonostante fossimo gemelle eravamo talmente diverse l'una dall'altra...

– Lasciami indovinare, si diceva: una è proprio un tipo che si capisce che ce la farà, l'altra invece ha tutto l'aspetto di una che si sacrifica inutilmente per riuscire a fare quello in cui crede e guarda che sfigata...

– Non usare questi termini volgari con me, lo sai che non lo sopporto...

– Sfigata?

– Ecco quello...

– Non è un termine volgare...

– Ah no? E quando sarebbe entrato nel lessico delle persone per bene? Eh?

– Oh: guarda che ragazza «sfortunata»... Ti suona? È abbastanza per bene?

– Sí… ma non è esatto. La gente non pensava che tu fossi sfortunata per davvero, pensava che fossi troppo poco competitiva… Tutto qui…

– La gente pensava che non fossi abbastanza competitiva?

– Già, non sfortunata, sfortunata è una a cui mancano le opportunità, e tu le opportunità le hai avute tutte… ma…

– Ma?

– Ma chiamalo destino, chiamalo carattere, chiamalo come ti pare, non sei mai riuscita a coglierle, quelle opportunità, e qui arriva il nocciolo, la verità…

– Ancora…

– Posso proseguire?

– Avanti…

– La verità, dicevo, è che tu quelle opportunità non hai mai voluto coglierle, quindi non sei stata sfortunata…

– E allora si ritorna a sfigata.

– Poco intraprendente, questo dicevano…

– Ma chi lo diceva?

– La gente…

– Quale gente…?

– Tutti…

– Gli stessi che pensavano che io passassi il mio tempo anelando a essere te?

– Beh, piú o meno.

– Piú o meno…

– La mamma lo diceva...

– Che cosa diceva la mamma?

Nell'apparente freddezza di Marinella, Alessandra percepisce la prima vera minaccia. – Lasciamo stare, sei troppo suscettibile oggi.

– Tra pochissimo sarò veramente suscettibile. Lo so come fai, come hai fatto sempre: lanci il sasso e nascondi la mano... Cosa diceva la mamma? Sentiamo.

– Oh guarda, non ho proprio intenzione di seguirti per questa via, quando ti sarai calmata ne parleremo...

All'improvviso Marinella si vide mettere le mani al collo alla sorella.

Da bambina spesso sognava che Alessandra l'aggrediva nel sonno, la legava al letto. La spaventava e si divertiva a farlo, ma non pareva a nessuno che quello fosse segno di crudeltà: si diceva al contrario che le bambine stessero elaborando l'abbandono del padre. In maniera diversa, certo: Alessandra manifestando una certa aggressività; Marinella, al contrario, richiudendosi in se stessa.

Ecco, era stato esattamente quel richiudersi in se stessa a impedirle qualunque tentativo di reazione. Per lei dover subire era solo esercitare la sua funzione: «Eppure sarebbe cosí facile adesso avere la mia rivincita», pensò.

E pensò che bastava le confessasse quello che aveva fatto.

– Il quartiere comunque non è pessimo, – riprende Alessandra, perché ha deciso che è arrivato il momento di cambiare discorso.

A Marinella pare di svegliarsi a fatica da uno svenimento: – Cosa?

– Certo è una zona modesta, – constata Alessandra organizzando un gesto ampio, ma inconcludente, con le mani.

– Modesta... una parola che ti ripugna... – A Marinella scappa un tono quasi sentimentale.

– Ripugna è una parola che mi ripugna... – taglia Alessandra.

– Ecco, lo facevi sempre... – provoca Marinella che cerca un vantaggio a tutti i costi.

– Lo facevo sempre cosa?

– Questo.

– Questo cosa?

– Di ripetere...

– Di ripetere... cosa?

– Di ripetere cosa?

– Cosa? – Alessandra pare divertirsi.

– Questo.
– Questo cosa?
Marinella comincia a balbettare, avanza come ad aggredirla, ma si ferma: – Io… Io…
– Io… cosa?

Le donne si fissarono giocando al massacro silenzioso di stare a vedere chi per prima abbassasse gli occhi. Fino a quando tutti i rumori si spensero, come nelle albe africane, quando si placa la febbre del sangue notturno e le vittime riposano. Quando i bipedi riprendono a calpestare la terra, armati, guardinghi, assassini, attenti ai fruscii, ai versi, ai richiami. In quelle albe ogni suono è come un'attesa.

– Io me ne vado... Ecco che faccio... me ne vado...

Alessandra non pare minimamente impressionata: – Certo che te ne vai –. Poi viene distratta dall'ennesimo squillo del telefono. – Sí... sí... certo. No, non ci siamo... vedi a non capire quello che ti si dice? Blu, avevo detto blu... Allora, ricapitoliamo. L'ordine per venerdí non prevede ghirlande... No! L'ho scritto bello chiaro! Niente ghirlande, ma dovete farmi impazzire... Oh Signore! Quello è il battesimo di sabato! Ecco, brava, ripeti! Mh... Mh... Sí... No!!! Per sabato fattura e del catering se ne occupano loro... Certo che ti eri confusa... A mazzi, ecco... Ah bene, tu adesso lo richiami e gli dici che le calle me le aveva promesse e che dobbiamo averle in laboratorio entro un'ora... No, non posso telefonargli io... – Prima che la telefonata finisca vede Marinella andarle incontro.

– ... Ricordi quando mi sono svegliata ed ero legata al letto? Tu mi dicesti che erano stati i marziani e io ci credetti...

– Avevamo cinque anni... Al massimo sei... Eri talmente stupida, stupida già da allora, che la mamma non poteva perderti di vista... questo eri... – Ora pare Alessandra a volersene andare. Infatti si dirige verso la porta.

Marinella la segue e l'afferra per la spalla: – No... Seduta!

– Seduta? – Alessandra per la prima volta è sconcertata: fa la domanda, ma contemporaneamente obbedisce.

Marinella cerca la calma che le serve per non buttare alle ortiche il vantaggio che ha appena conquistato. – Sí, cosí... Seduta. Io lo ricordo perfettamente il giorno in cui ho capito che il mio compito, il mio ruolo con te era quello di fare la vittima. Succede cosí, no? Uno a un certo punto capisce. Tu sembravi arrabbiata, io calma. Non interrompermi! Non aprire bocca. Tu infuriata, vendicatrice, precisa come una freccia scoccata per bene, feroce verso il bersaglio. Io calma come lo specchio di uno stagno. Eppure era l'esatto contrario, perché per quanto tu sembrassi fuori controllo eri l'unica delle due che aveva l'aria di potere andare avanti...

– Avevo uno scopo...

– ... E io no. Ma forse capire di non averlo è già qualcosa, no? Esattamente come capire di averlo...

– Eh no, capire di non averlo è solo consolarsi. Tu ti fai troppi discorsi... Qualche volta sarebbe il caso di essere piú lineari.

– Lo ricordo perfettamente quel giorno. Io vedevo la mamma piangere e chiedevo perché. Tu non chiedevi niente, niente di niente… Cosí la mamma continuava a dire… «Niente tesoro mio, tu non devi avere paura… qualche volta i grandi piangono…»

– Qualche volta i grandi piangono… Tu credevi ciecamente a quel genere di cose.

– Io credevo a tutto. Credevo che il mondo fosse finito e un secondo dopo che tutto stesse per ricominciare. Credevo che ci fosse una vita dopo la vita e che solo allora saremmo stati ripagati di ogni sofferenza. Credevo che tu fossi forte e invincibile. Credevo che fossero stati davvero i marziani a legarmi al letto perché pensavo che se, definitivamente, fossi diventata la tua vittima, se il mio scopo fosse stato quello di non avere uno scopo, allora avrei avuto qualche possibilità di sopravvivere… Come quegli animali che si rendono conto di non avere alcuna possibilità contro i predatori e s'inventano difese innocue: il colore del mantello, la mimesi assoluta…

Lo squillo improvviso del cellulare interrompe quel flusso. Alessandra guarda per un istante il display, poi la sorella. Seccamente chiude la comunicazione: – Quello che fa paura di te è la quantità di costruzioni che riesci a fare, quanto diventa enorme il tuo granellino di sabbia: gli animali, la giungla… i marziani, pensa un po'… Era tutto schifosamente prosaico invece: nostro padre se n'era andato, fine delle trasmissioni… – Ancora una volta il telefonino prende a squillare. – Rispondi tu… Di' che sono occupata…

– No.

– Dài… – fa Alessandra senza arrendersi.

– No.

E proprio mentre Marinella indietreggia lo squillo s'interrompe.

– Troppo tardi, – constata Alessandra, ma senza astio.

Le case che noi siamo

Quando sentono bussare sembra che l'altro mondo si riveli. Marinella guarda la sorella quasi ad assicurarsi che davvero, nel silenzio chiassoso di quella giungla dove sono finite, abbia sentito anche lei quei colpi precisi, non forti, non deboli, alla porta. Solo quando Alessandra conferma con un gesto del capo Marinella va ad aprire. Oltre la soglia c'è una donna, alta e robusta, dritta nonostante abbia palesemente superato i sessantacinque. Ha in mano una vecchia scatola di latta. Parla lei prima che Marinella possa dire qualunque cosa:

– Pensavo che... aveste bisogno... – La donna attende che Marinella si sposti di lato per lasciarla passare prima di riprendere: – Ho portato qualcosa...

– Chi è? – chiede Alessandra alla sorella rimettendosi la mascherina.

L'altra anticipa qualunque risposta: – Non mi conoscete, è chiaro, io abito nell'appartamento di fronte... Si può dire che io e vostro padre fossimo diventati amici...

– Ah bene... – La voce di Alessandra si è fatta tagliente. Marinella la guarda come a implorarla di non far storie.

Intanto la donna ha raggiunto il tavolo al centro della sala poggiandovi la scatola di latta. – Sono biscotti... Li ho fatti io...

Il mutismo ostinato di Alessandra fa avanzare Marinella: – Grazie, grazie davvero...

– Grazie, grazie davvero... – raddoppia Alessandra per farle il verso.

– Si è disturbata... non doveva... – cerca di sovrastarla Marinella.

– Si è disturbata, non doveva... – rincara l'altra.

La vicina le guarda: stanno lottando tra loro come se lei nemmeno ci fosse. Approfittando di un istante di pausa si rivolge ad Alessandra:

– Lei deve essere... Alessandra...

– Ci conosciamo? – domanda Alessandra senza rispondere alla mano tesa della donna.

– Non direttamente...

– Indirettamente? – chiede Marinella.

– Indirettamente, certo... – gracchia Alessandra sfilandosi la mascherina dal muso. – Magari viene fuori che il paparino passava le ore durante le gelide sere d'inverno davanti al focolare a parlare delle sue figlie...

– Capitava che ne parlasse... – conferma la donna ignorando il sarcasmo della frase.

Marinella è davvero sorpresa: – Ah sí?

La vicina starebbe per rispondere quando Alessandra con uno scatto si frappone tra lei e la sorella: – Ah sí? – Ma questa volta l'imitazione risulta terribile, estrema. Scavalcando la donna raggiunge Marinella, l'afferra per un braccio, la strattona con violenza: – Che fai? Parli con quella lí?

– È stata gentile… – si giustifica lei.

Un silenzio compatto congelò quel momento. Sembrò quasi che le frasi fossero finite e fossero finite le parole necessarie per quelle frasi, e le lettere necessarie per quelle parole. Poi un improvviso barrito lacerò il silenzio. Rumori di bestie e volatili che fuggivano... La vicina fece un passo indietro per favorire il confronto muto che stava avvenendo tra le due sorelle. Cosí, stabilita una breve distanza, poteva osservarle: sarebbero state identiche identiche se la vita non le avesse forgiate diversamente. Perché in nessun modo era possibile ipotizzare un'usura identica, nemmeno per due gemelle che erano nate identiche in tutto. Che una sembrasse piú giovane e l'altra piú vecchia era solo quanto saltava all'occhio immediatamente. C'era il fatto palese che Marinella aveva conservato una precisa intuizione del mondo, come una che avesse coltivato la curiosità; mentre l'altra, Alessandra, pareva aver capito piú cose di quante fosse possibile capirne in piú vite. Per questo, per quello sforzo costante di stare un passo avanti alle persone, forse si era mantenuta asciutta come un'adolescente nonostante avesse partorito due figli. Ecco, era esattamente come se una passasse il tempo a osservare, a prendere tempo, e l'altra al contrario avesse una necessità incontrollabile di correre avanti, di tagliare il traguardo a dispetto di qualunque avversario. Che Alessandra fosse malata di agonismo era talmente chiaro che avere a che fare con lei era come affrontare una ragazzina convinta di sapere già tutto. In quella precisa età delle ragazzine: dodici, tredici anni, quando passano dall'angelico al diabolico, quando misurano il mondo come se fosse la loro cameretta. Marinella invece manteneva la vaghezza ostinata di certe donne mature, di quelle che dal diabolico sono tornate all'angelico; di quelle che affrontano ogni cosa come fosse un libro aperto e ogni pagina di quel libro un universo su cui soffermarsi.

– Capitava che ne parlasse... Senza motivo, ne parlava e basta. Diceva: «Lo sai che ho due figlie? Due donne ormai»... Poi taceva a lungo, guardava fuori... Era già malato allora... «Credo non vogliano piú vedermi», diceva... – fa la vicina quando le pare sia passato un tempo sufficiente.

– Diceva quello? – Ecco, adesso la voce di Marinella si esprime con tutta la meraviglia di cui è capace.

Alessandra si rivolge alla sorella con un ruggito: – Diceva quello cosa?

– Diceva davvero: «Credo non vogliano piú vedermi»? – ripete Marinella rivolgendosi direttamente alla vicina.

– Sí, sí, diceva esattamente queste parole...

Alessandra stringe le labbra fino a ridurre la bocca a un accenno appena, poi sbotta: – Ma come si permette! – urla. Il suo telefono squilla. – ... Non ora! – si oppone parlando direttamente all'apparecchio. Interrompe con violenza la comunicazione e ritorna ad attaccare la vicina: – Lei davvero crede di poter venire qui, a casa nostra, e raccontare queste cose? Che ha fatto? Ha portato i biscotti anche a lui?

Marinella cerca di frapporsi: – Non vuole dire esattamente...

Alessandra la fulmina con lo sguardo: – Lo so io cosa voglio dire! Chi è lei? Cosa fa qui?

Si diffuse il suono del silenzio che è il battere assordante del sangue sulle tempie; che è il mantice del respiro affannato; che è la sistole e la diastole del pulsare di timpani.

Come un suono di tamburi nella savana...

Alessandra annusava l'aria intorno alla nuova arrivata, l'intrusa...

– Le conosco all'olfatto quelle come lei...

– No che non mi conosce. Chi è che l'ha ridotta a tal punto da non capire, non sopportare una gentilezza?

– Io... Io...

– Non le sto simpatica, succede, no? Due si guardano e non si stanno simpatici... Bene, neanche lei mi sta simpatica, eppure ho deciso che non dovevo farmi influenzare da questa sensazione forte e chiara perché, al contrario, sua sorella mi sembrava, e mi sembra, una persona a modo... E perché suo padre è morto pensando che lei comunque sarebbe stata l'ostacolo insuperabile...

Marinella deve fare un cenno prima d'intervenire: – Non è cosí... Davvero io la conosco mia sorella... Non è cosí... È che ha un modo suo... È brusca, certo...

Alessandra si volta allibita: – Mi stai giustificando? Siamo qui nella casa che è stata di nostro padre e tu stai rendendo conto a una perfetta estranea...

– Ecco, appunto... Presumo che vostro padre intendesse questo quando diceva: «Delle due, lei sarà un ostacolo insuperabile»... – fa la vicina.

Marinella cerca di stopparla: – Nostro padre non ci conosceva affatto, non poteva avere alcun argomento in proposito, sa?

– Continuate a parlare di me come se io non ci fossi... – Alessandra crolla a sedere.

La vicina, presumendo una resa, insiste: – Capita che i genitori non abbiano bisogno di frequentare i figli per conoscerli, li conoscono per altri versi, li conoscono su se stessi...

– E questo dovrebbe bastarci? Guardi, lasci stare, su questa strada proprio non posso seguirla –. Il tono di Marinella si è fatto metallico.

– Lui sedeva lí esattamente come sta seduta lei, – afferma la vicina indicando Alessandra. – E aveva quello stesso sguardo –. Alessandra, con un automatismo incontrollato, si mette a fissare il pavimento. La vicina aspetta qualche secondo, poi si rivolge a Marinella: – E muoveva le mani proprio come fa lei... «Le conoscerai un giorno», diceva...

– Commovente, si davano del tu... – sussurra con sarcasmo Alessandra.

Ma la vicina sembra essere avvezza a non considerarla: – E infatti, eccoci qui.

– Bene, grazie della lezione, della rimembranza, dei biscotti, di tutto, ma adesso, se permette, io e mia sorella abbiamo cose da discutere in privato… Cose di famiglia… – taglia corto Alessandra alzandosi di scatto.

– Certo… è comprensibile… – acconsente la vicina e si avvia all'uscita.

Avanzò di qualche passo facendo quel breve tragitto dal tinello all'ingresso alla porta che chissà quante volte aveva fatto nei decenni precedenti, quando in quella casa si sentiva con chiarezza l'odore del sigaro fumato di fresco o abbandonato nel posacenere come un amante lasciato lí a consumarsi, da solo, trascurato. Nella sua testa si agitò per qualche secondo un pensiero di pace che quasi la convinse a farsi da parte, ad abbandonare quell'arena dove le due sorelle procedevano al reciproco disconoscimento.

Tutt'intorno il battito unisono delle ali di uno stormo di uccelli.

Cosí si muovevano i pensieri in quella casa, gommosi, rimbalzanti, impossibilitati a trovare una via d'uscita.

La vicina contò tre passi prima di decidersi a voltarsi.

– Ci sarebbe ancora una cosa... – dice la vicina. Per proseguire si assicura di avere l'attenzione completa delle due sorelle. – Si ricorda qualche mese fa quando è venuta qui da suo padre? – domanda guardando Alessandra negli occhi.

Il volto di Marinella diventa una superficie increspata di ebetudine: – Sei già stata qui?

Alessandra si guarda intorno come farebbe una bestia addentata da una tagliola: – Non fare come al tuo solito... – ruggisce contro la sorella, poi ricambia lo sguardo feroce della vicina. – Io non le permetto... – La voce le viene fuori come un sibilo.

La vicina trattiene lo sguardo per non cedere terreno: – Non attendo permessi...

– Tu sei già stata qui, sei già stata qui... – Marinella si ripete quella frase come per consumarla.

– Era per noi! Ho pensato che almeno qualcosa ci spettasse da questo schifo di padre che ci era toccato in sorte, no?

– Ma hai sempre detto che non t'interessava...

– E lo ribadisco, ma è una questione di principio... Lui ci ha tolto tutto, tutto capisci? E io adesso voglio tutto!

La vicina osserva ciò che ha provocato con la soddisfazione di un pittore che contempli una pennellata particolarmente efficace: – Vede? Che dicevo? Ha una rabbia in corpo... – rincara rivolgendosi a Marinella.

Ma lei non ha pensieri che per la rivelazione che le è appena stata fatta: – Ma dicevi a me di non pensarci!

– Perché tu avresti ceduto! A te basta farti due moine...

– Come avrei ceduto?

– Tu eri disposta a perdonare... Tu sei sempre disposta a perdonare! E ti saresti presentata con la tua stupida santità per permettere a quell'uomo di passare in pace i suoi ultimi mesi e invece no!

– E lui l'avrebbe pensata esattamente come lei, – interviene la vicina fingendo un applauso. – Avrebbe detto: «Hai ragione, figlia mia!»

– Non avrei accettato che mi desse ragione! Quell'uomo non poteva in nessun modo permettersi di darmi ragione!

– Ah no? – La domanda della vicina non riesce a essere abbastanza provocante.

– No. Non dopo essere vissuto per tutto questo tempo senza nemmeno pensare alle macerie che si era lasciato alle spalle!

– Parlava spesso di quando vi metteva a letto e

lei voleva sempre dormire dopo sua sorella, cosí, diceva, sareste rimasti finalmente soli.

– Non ricordo niente del genere... – glissa Alessandra, ma senza piú la fermezza di prima.

– Certo è passato molto tempo, ma io credo che lui mi raccontasse quelle cose per dimostrarmi che anche solo per un breve periodo era stato un padre... vero...

– Mio Dio, tu sei stata qui... – ripete Marinella.

– Mi faccia il piacere: un padre vero, quando mai! – Alessandra fruga nervosamente nella sua borsa.

– Ma che ti ha detto esattamente nostro padre? – chiede Marinella alla sorella intenta a passarsi un velo di rossetto sulle labbra, senza neanche sapere perché sta compiendo quel gesto.

– «Tua sorella sa che sei qui?» Ecco, – risponde a un certo punto senza voltarsi.

– E tu? – insiste l'altra. La vicina prepara un sorriso.

– E io gli ho detto: «Mia sorella lasciala fuori... lasciala fuori! Capito?»... Questo gli ho detto.

– E lui? – incalza Marinella. A giudicare dall'odore di chiuso, da almeno un anno nessuno ha aperto le finestre in quella stanza...

Alessandra sembra voler prendere tempo: – Lei capirebbe... Lei mi perdonerebbe...

– Davvero pensava che l'avrei perdonato?

– Già. Pensava che tu fossi una stupida...

Ora il silenzio tra le donne ha la consistenza di un vento cosmico, come una tempesta cristallizzata ai confini della Via Lattea.

– Dicevi che non volevi nulla –. Il ripensamento di Marinella si porta dietro una scia luminosa di cometa.

Alessandra la guarda come se fosse la prima volta che si accorge di lei: – Sí, verissimo, lo dicevo, poi mi sono detta che no, che arriva un momento in cui non paga essere sempre piú civili, piú distaccati, e allora bisogna avere il coraggio di sporcarsi le mani…

– Intendi…

– Intendo che voglio tutto…

– Ma allora quella volta… quel Natale… te lo ricordi?

Quel riferimento al Natale pare ad Alessandra di un'intimità inaudita: – Dobbiamo continuare a parlare dei fatti nostri davanti a estranei?

– Bene, direi che è meglio che vada… – concede la vicina. E si avvia decisa verso l'ingresso.

Con due passi Marinella la affianca dando le spalle ad Alessandra: – Grazie per non aver detto niente… – sussurra complice.

La vicina non fa un gesto, il suo viso non mostra alcun movimento, se non una leggerissima contrazione agli angoli della bocca: – Di niente… di niente…

Mentre ritorna nella sala, Marinella viene raggiunta dalla sorella: – Sei andata a scusarti per me? Come al solito: «Scusi sa, ha un brutto carattere»... O sei andata a confidarti come facevi a scuola, a bisbigliare con le altre, a fare tutti i vostri discorsetti da donnine...

Marinella aspetta che la vicina sia ben lontana prima di rispondere: – Stai attaccando per paura che io ti chieda spiegazioni... Beccata, si direbbe. Tutto questo tempo a fare la dura e pura e poi si scopre che tu qui c'eri già stata e avevi parlato con nostro padre che giuravi di non voler vedere mai.

Anziché una risposta il nulla. Alessandra arranca, ma senza gesti, come l'annegato nel momento esatto in cui ha capito che è inutile agitarsi.

Marinella la guarda senza aggiungere niente, avrebbe un salvagente in mano ma non ha intenzione di usarlo. Sa che con lei solo il silenzio è l'arma perfetta.

– Che c'è adesso? Che cos'hai da guardare?

– Aspetto di capire fino a che punto arriverai. Questo me lo devi concedere, che sono sempre stata paziente, intendo. E adesso con pazienza aspetto di capire perché mai mia sorella mi pare un'assoluta estranea... Questo...

– I tuoi soliti rovelli... Sempre disposta a credere negli altri e mai in me. Ti rendi conto di quanto è facile farti deviare?

– Ma deviare da che?

– Da me! Da me! È cosí difficile? Io sono tua sorella…

– Hai appena detto che ho passato la vita a cercare di essere te e ora mi accusi di… deviare.

– Come al solito tu capisci solo quello che ti fa comodo…

– Capisco che mi hai mentito…

– Non è stato mentire…

– No? E cosa è stato?

– Omettere… il che non è esattamente mentire… è non dire…

– Non dire. Capisco: la stessa cosa che succedeva tra me e papà… Quando tu ti addormentavi sicura che anch'io fossi addormentata… Ci mettevamo d'accordo perché io fingessi di dormire in modo da poter avere un po' di tempo per noi dopo…

– L'avevo capito… Voi credevate di farmela… Ma anch'io fingevo, fingevamo tutti, è per questo che è finita come è finita, no?

– Non c'era amore… Per questo è finita…

Si trovò a ripensare a quanto abissale potesse essere la sua tristezza. A lei, alla dottoressa Cappello Alessandra, non era concesso di esporsi al dolore. Non col suo lavoro, non con la sua vita, non con i suoi figli. E col marito poi…

Si trovò a pensare a tutte le assurdità che aveva dovuto fare per annullare qualunque dimostrazione di malessere. Di quando si era fatta rossa di capelli, per esempio. Era saltato un contratto risolutivo, una di quelle commesse che sistemano tutto l'anno. Saltato tutto, ma lei guai piangersi addosso: via dal parrucchiere a spendere una fortuna. Oppure della volta in cui le dissero che il suo pap test era ambiguo – proprio «ambiguo» avevano detto – e lei decise che era arrivato il momento di affrontare il problema del rifacimento dei bagni. Due mesi di operai per casa rendono qualunque malattia innocua, si disse. E tutto questo sapendo di essere esposta al rischio di apparire inattaccabile. Cosa che a pensarci bene non le dispiaceva affatto. Decise di andare dal padre per astio, ma solo dopo tutto quello che succedeva in casa, con i figli che crescevano e il resto…

– Va bene… Stiamo esagerando… Adesso ci diamo una calmata… – Ma l'unico segno di vita è l'ennesimo squillare del suo telefono… – Sí… sono sempre io, chiami il mio numero, chi dovrebbe essere? Non Credo Che Sia Il Caso Di Parlarne In Questo Momento! Chiaro? – Quando interrompe la comunicazione cerca lo sguardo della sorella. – Diamoci una calmata… – ripete. – E diciamocelo chiaramente: noi non siamo mai state due gemelle di quelle che una pensa una cosa e l'altra la capisce, no?

– Io sí… – rivela Marinella dopo un tempo infinito, ma come se lo scoprisse lei stessa in quel momento.

– Io sí cosa?

– Io sí… Sono stata una di quelle… Come la notte in cui rimanesti a dormire dalla tua compagna di scuola… Io e la mamma venimmo a prenderti e tutti in casa erano sorpresi perché non capivano come avessi fatto a sapere che tu volevi tornare a casa… Ma la risposta era semplicemente che io lo sapevo che volevi tornare a casa…

– Sí, non stavo bene.

– Certo.

– E comunque non significa niente: le intuizioni esistono, no? Eviterei di enfatizzare... – Dopo queste parole Alessandra sente la necessità di rindossare la mascherina.

Marinella è assorta: – Ti ricordi di quella volta che io presi la febbre e tu il raffreddore? Il che era buffo perché l'influenza di quell'anno prevedeva raffreddore con febbre e invece no... Lí ho pensato che si trattasse di un caso perfetto di condivisione... – S'interrompe un attimo per vedere se la sorella ha intenzione di continuare a stare zitta, poi prosegue: – E anche la tua tendenza a capire perfettamente dove devi colpirmi si spiega benissimo in questo modo...

– Dipende solo dal fatto che sei prevedibile... Lo sei sempre stata...

– Ma non è certo una questione di prevedibilità...

– Ah no? – Piú che una domanda è una specie di resa. Infatti Alessandra si sfila la mascherina.

– No... E comunque la cosa non mi colpisce piú di tanto... Quando eravamo bambine, certo, quando facevi comunella con chiunque dimostrasse un po' d'interesse per me, quando facevi la sorella bella, quella popolare...

– Come se tu fossi lí a farti martirizzare... Che noia...

– Certo che no, ma questo non significa che tu rinunciassi...

– Ma per favore, rinunciare a che cosa?

– A farmi sentire inferiore... A fingere di sapere qualcosa che a me non era dato di sapere; o chiamare per telefono le mie amiche per... – Marinella è lí che arranca in cerca di una parola adatta. – ... Incapricciartele...

– Per fare che?

– Farle passare dalla tua parte.

– Ah ecco, quella della condivisione... Vedi qual è il tuo limite? Mi hai fatto venire la carie con questa cosa mielosa della condivisione delle gemelle che presagiscono l'una il pericolo dell'altra... Per quanto mi riguarda io non presagisco, preferisco agire... Perciò vediamo di capire come procede qua dentro che vorrei anche ritornare alla mia vita... Non ho tutta la giornata... – A Marinella, sorprendentemente, scappa da ridere. – Che hai da ridere adesso?

– È cosí che ti succede: quando cominci a diventare nervosa vuol dire che hai capito... Questo ho dovuto impararlo nel tempo: che quando tiri fuori gli artigli sei in difficoltà. Non ti dispiace, vero, se una volta tanto sono io a fare psicologia da rotocalco? Quando qualcuno scrisse nel tuo diario CREPA PUTTANA!!!... Ricordi? Eri talmente sicura del tuo potere su di me che non mi hai nemmeno considerata come possibile colpevole... E invece l'avevo scritto io. Io, l'avevo scritto io!!

– Stavi parlando con me? Ero distratta, mi stavo chiedendo quanto può essere grande questa stanza…

Ripensò a quando disse che voleva entrare nel coro scolastico, Alessandra commentò che era una sciocchezza, che a scuola nessuno aveva un minimo di rispetto per quelli del coro... E aggiunse che se avessero preso in giro Marinella – che tra l'altro era anche piuttosto stonata – per la sua stupida fissazione canora, di conseguenza avrebbero preso in giro anche lei. Ripensò al fatto che meno di un mese dopo Alessandra si era iscritta a quel coro dicendo che avrebbe fatto di tutto perché accettassero anche lei se ancora ci teneva.

Ripensò al fatto di non essere riuscita ad amare nessuno come aveva amato sua sorella, perché non aveva mai odiato nessuno come aveva odiato lei... Con tutta se stessa.

È l'interno febbricitante di un termitaio, ma fuori di lí, intorno a quella casa, oltre quella stanza, sciami d'insetti riempiono il silenzio. Sarebbero la realtà se solo Alessandra e Marinella decidessero all'improvviso di spalancare la finestra, di permettere alla luce di entrare, come farebbe la lingua sottile di un formichiere nel corpo stesso del formicaio. Eppure sono lí ad assaporare amarezze nel fitto dei cunicoli.

– Dunque considerando grosso modo un passo uguale a un metro a che punto siamo? – fa a un certo punto Alessandra che non sa reggere le attese.

Marinella risponde a occhio: – Due per quattro...

Alessandra fruga nella sua borsa per estrarne un taccuino: – Niente di esaltante, ma le potenzialità ci sono. Tutto da rifare chiaramente, ma buttata giú questa parete, tolta questa carta da parati... La carta da parati dico io, chi la usa piú?

– Il... papà... fumava... – constata Marinella seguendo un pensiero tutto suo.

– Fumava... – ammette Alessandra, poi riprende: – Almeno la posizione è buona... – D'istinto si ferma davanti a una porzione intonsa della carta da parati, si tratta di un rettangolo perfetto. – Qui c'era qualcosa... – afferma.

– Un quadro... – approva Marinella.

– Dici? – Una domanda interlocutoria ovviamente, e neanche Alessandra sa esattamente perché l'ha fatta.

– Si direbbe dall'impronta regolare... – risponde Marinella alzando le sopracciglia.

– Potrebbe essere stato uno specchio...

– Sí, potrebbe...

Le mandibole delle termiti africane stanno producendo un ronzio talmente assordante che Alessandra deve alzare la voce per sovrastarlo: – Comunque sta di fatto che qualunque cosa fosse ora non c'è...

Spesso le cose che sembrano mancare sono esattamente sotto ai nostri occhi: questo raccontavano le assenze... È possibile che Alessandra e Marinella fossero di quelle persone che pretendono risposte dagli oggetti. Ma ora tutto quel silenzio cremoso affermava che non sono mai gli oggetti a dare risposte, ma coloro che li hanno usati, magari spostati, dati via, venduti... Lí, esattamente dove era rimasto il segno, chiaramente c'era stato un vecchio specchio. E sul piano desertificato di un mobiletto semplice è possibile, anzi sicuro, ci fosse stata una lampada, un oggetto senza infamia e senza lode, che magari il padre aveva pensato di dare via. Cosí immaginarono la faccenda di quelle assenze tanto evidenti. Immaginarono per esempio che la vicina adorasse quella lampada e che il padre gliel'avesse regalata. E videro la scena esatta in cui lei si schermiva e diceva che no, che era un oggetto di famiglia. E lui a dire di prenderla, che le cose non devono avere troppa importanza perché, a meno che non le consumiamo noi finché siamo in vita, hanno il brutto vizio di sopravviverci. A questo punto, nel racconto di quelle tracce, la vicina dice ancora no e poi no... Ma solo qualche ora dopo, al ritorno dalla spesa, trova sull'uscio di casa la lampada. Gli oggetti prendono la strada che le persone decidono.

Un bussare discreto le risveglia.

Senza aspettare un assenso la vicina entra in casa, ha in mano qualche busta chiusa. – La porta era aperta... In questi giorni ho ritirato la posta... È meglio non lasciare la buca intasata, sa cosa dicono? Che i ladri di appartamento capiscono dallo stato delle buche chi sta in casa e chi no...

– Proprio lei... – Alessandra le va incontro col dito puntato e passa al dunque: – Ci chiedevamo, io e mia sorella, che fine abbiano fatto le cose che sembrano mancare...

– Mancare?

Alessandra indica la parete, poi il mobiletto: – Sí, mancare... – insiste.

– Mah, gli oggetti prendono la strada che decide chi li possiede e qualche volta cadono, si frantumano, si spostano...

– Beh, se potesse farci una mappa... – Alessandra aspetta una risposta, Marinella non osa intervenire, la vicina le guarda come se non capisse quello che capisce bene... – Una mappa degli spostamenti di questi oggetti tanto inermi... – chiarisce Alessandra.

– Non mi piace il suo tono, sa? – attacca, piccata, la vicina.

– E a me non piace l'idea che mi sto facendo di lei, – ribatte Alessandra, per chiarire, se occorresse, che non sarà conciliante.

La vicina prende tempo prima di sferrare l'attacco: – Se fosse saggia si preoccuperebbe di quello che suo padre ha pensato di lei vedendola entrare da quella porta dopo tanto tempo –. Ha parlato con freddezza, scandendo ogni singola lettera e guardandola in faccia.

– Lei pensa davvero di essere tanto importante? Cos'è, pensa di poter fare il padre, adesso?

– Dopo quanti anni?

– Quaranta, sono quaranta, – chiarisce Marinella come se la domanda fosse rivolta a lei.

– Lui è sempre stato qui dove l'avete lasciato... Ma sono passati quarant'anni.

– Dove l'abbiamo lasciato? – Alessandra cerca lo sguardo della sorella. – È lui che se n'è andato via!

– Magari non aveva altra scelta!

– Magari è fuggito come sanno fare gli uomini! – Alessandra avanza verso la vicina.

Risuonarono tamburi dalla distesa dello spazio arso fino al centro del suo petto. Le tribú degli uomini calpestarono il suolo per rianimare il corpo comatoso della terra. Le famiglie degli insetti e degli uccelli si levarono in aria sporcando il cielo con macchie fluide. Il nucleo magmatico, proprio al centro del pianeta, rispose ai battiti con una contrazione terribile che risvegliò i vulcani, fece ribollire i mari, spinse in superficie terre sommerse da millenni. Cosí isole che nessuno conosceva d'improvviso si palesarono ai naviganti, sparse nell'infinito degli oceani, ostruendo rotte che si credevano affidabili.

Marinella la trattiene: – No, questo non ti fa bene... – dice alla sorella.

Ma la vicina non vuol rinunciare al suo vantaggio: – Se gli aveste permesso di parlarvi...

– No! Non poteva parlarci perché se n'è andato! Non poteva parlarci perché se n'è andato, – ripete Alessandra, sta gridando, ma non se ne accorge.

E lo ripeterebbe ancora e ancora se Marinella non la fermasse: – Calmati adesso...

– A suo padre avrebbe fatto male vederla piangere, – assesta la vicina.

Alessandra la guarda, prende un respiro profondissimo, si calma all'improvviso come capita in quei pomeriggi d'agosto quando il cielo sembra un groviglio inestricabile e poi, dopo qualche minuto di minacciata apocalisse, ritorna limpido, preciso, terso: – Io non piangerò mai per lui... – E sparisce oltre una porta laterale.

Si ritrovò nella camera da letto di suo padre. Passando davanti allo specchio del comò dovette guardarsi in faccia: era vecchia, si disse. Poi tirò su col naso tutta l'aria che le serviva per darsi un tono, gonfiò il petto, tentò di sorridersi e di riprendere il possesso di sé. Se distendeva il viso sembrava piú giovane. Sentí con chiarezza Marinella e la vicina che discutevano di là. Non le interessava sapere di cosa parlassero esattamente.

La stanza era raggelata in un ordine compatto, precisissimo. Su una poltroncina imbottita, ben piegato, era stato posato un piccolo asciugamano bianco di lino con una E incisa tono su tono. Sul comodino, una foto in cornice: si trattava di due bambine che giocavano su una spiaggia. Alessandra si avvicinò per osservare meglio quell'immagine. Strinse le labbra, ancora, guardandosi con la coda dell'occhio allo specchio, notò sul suo viso quella contrazione che la invecchiava.

Senza considerare il peso della sua azione aprí il cassetto del comodino. Vide una busta con su scritto il suo nome, come se avesse compiuto un gesto che il padre aveva previsto da decenni. Incredula afferrò la busta e sentí che doveva trattarsi di qualcosa di corposo. Il suo nome, Alessandra, era scritto con mano piuttosto ferma. Dalle fessure della porta socchiusa filtrò un silenzio assoluto, segno che la vicina era andata via, e che Marinella attendeva.

Alessandra sistemò il plico con su scritto il suo nome nella borsa e uscí dalla stanza: con sorpresa dovette constatare che in soggiorno non c'era piú nessuno…

Teoria generale del Tutto

È una piccola stanza da bagno. Alessandra raggiunge la sorella seduta sulla sponda di una vasca parzialmente incassata al muro, rivestita di piastrelle dozzinali. Il gocciolio di un rubinetto che perde scandisce il tempo.

– È andata via? Credevo te ne fossi andata anche tu...

– Ci deve essere un'altra soluzione... – dice Marinella dopo un po'.

– Non essere assurda, non ci sono soluzioni...

Stanno sedute cosí, col metronomo della goccia, fino a quando non pare maturo il momento per una rivelazione. «Ora potrei dirle quello che ho fatto, confessarle tutto», sussurra a se stessa Marinella. La sorella la guarda come se avesse percepito un istante di esitazione e la volesse incoraggiare. Ma la goccia cambia ritmo: l'attimo è fuggito.

Passano minuti lunghissimi prima che Marinella riprenda a parlare: – Senti? – chiede.

– La goccia.

– ... No... no... Non quello.

– Che cosa? – Tace per ascoltare meglio… Ora le pare di sentire come il respiro di un pianeta, come il vorticare di un meteorite nel colmo untuoso dello spazio.

– Senti? – insiste quell'altra, e ad Alessandra verrebbe da confermare se non temesse di darle ragione.

Marinella si volta verso il rubinetto della vasca, gli dà una stretta, lo sgocciolio smette d'improvviso. Ma il rumore, quel suono come di pensiero trattenuto, di calabrone ronzante, di roccia siderale vagante, non sembra interrompersi affatto.

– Ecco, senti ora?

– No, mi sembra come prima, senza la goccia.

– Senti meglio… C'è qualcosa che rimane attaccato a questo posto…

Alessandra scuote la testa sconsolata.

La vicina aveva sempre pensato che ci fossero troppi rumori in quella vecchia casa con i tubi che erano cose vive e i legni che continuavano a miagolare... Qualche volta, quando si sentiva sola e assediata, le era capitato di doversi tappare le orecchie. C'erano giorni in cui la sua unica compagnia era la caldaia che fischiava o il radiatore che ronzava... Api e calabroni sembravano! Cosí le pareva di essere immersa in quell'infanzia campestre che tutti millantiamo per farci belli. In quell'età che deve essere bella per forza, per forza felice, senza pensieri. Forse per raccontarla ai nipoti, se ne arrivano. Un passato di campi in fiore le sembrava piú adatto ai tempi amarissimi che era costretta a subire. Dentro quei suoni c'era un sapore solito eppure sconosciuto. Alla sua età poteva percepirli senza sorprendersi. «Dentro queste case che siamo, – pensava, – resta il peso di ciò che abbiamo detto, ma anche di ciò che non abbiamo osato dire. Le parole di troppo e quelle mai pronunciate... Sí, è cosí». Questo era sicura di averlo imparato bene: di quanto s'impregnassero le pareti, di quanto ostinatamente assorbissero gli umori di chi le aveva abitate o le abitava. Lei dal passato aveva raccolto solo notizie di naviganti dispersi che abbandonavano messaggi in bottiglia.

«È cosí che succede, – disse a se stessa, – proprio cosí».

– Anche io ho qualcosa da dirti. Qualcosa che riguarda il fatto che io… Sono già stata qui, – dice Marinella.

– Non ricominciamo con le confidenze… Vuoi dar retta a quella lí? – Rifiutandosi di elaborare quanto la sorella le ha appena detto, Alessandra scatta in piedi e, come aveva fatto prima, comincia a misurare la stanza da bagno in lunghezza, e larghezza, a grandi passi. – Uno, due… Quasi tre… Segna, no?

– Non te l'ho detto prima perché temevo pensassi che avessi non so quale secondo fine…

– Uno… Quasi due in larghezza… Eh, piccolo… – continua con convinzione Alessandra, poi si blocca all'improvviso. – E che secondo fine potevi avere? – chiede come se colpisse a freddo.

– Appunto…

– …Se non quello di prenderti la casa?

– Ecco.

– Ecco che cosa?

– Mai abbassare la guardia con te…

– No, è che tu proprio non ce la fai a essere lineare: è tanto complicato dire che volevi prenderti la casa?

– Ma se anche fosse, mi spieghi che ti costa? Che bisogno ne hai? L'hai detto tu, no, che non sono riuscita nemmeno a farmi uno straccio di casa! E allora eccola qui uno straccio di casa che potrebbe essere mia... Un posto dove non sarei costretta ad aspettare il rinnovo del contratto. Eh? Che cosa ti cambia? Tutto questo appartamento è grande sí e no come il soggiorno di casa tua...

– Mi cambia perché non è roba tua. Mi cambia perché quello che hai tentato di fare con papà è stato cercare di rubarmi ciò che mi spetta...

– Ma tu non ne hai bisogno!

– Se la vedessi come la vedo io non ne saresti cosí sicura... Tu arrivi qui con la tua sfortuna addosso, col fatto che della tua vita non hai fatto un accidente come fosse un trofeo! Ma non è che le vite degli altri siano necessariamente migliori della tua!

– Ah ecco... E cosa ci sarebbe di tremendo nella tua vita perfetta?

– Perfetta, dici? Ma tu da quanto tempo non mi chiedi come sto? Veramente, intendo.

– Come stai? Dovrei chiederti come stai? Se tu fossi vera potrei chiedertelo, se non fosse un'offesa solo pensare che per te non sia tutto assolutamente sotto controllo...

– Tu non sai, non puoi nemmeno lontanamente immaginare quanto costi quella che tu chiami perfezione, hai sempre avuto progetti di piccolo cabotaggio, roba di poco conto...

– Ero, e sono, occupata a portarmi addosso tutti i miei fallimenti. Ti pare che possa occuparmi della sofferenza atroce che può causare avere una casa propria, una famiglia, un marito?... Si sta tanto meglio a non avere assolutamente nulla...

– Io non ci scherzerei piú di tanto perché potresti essere piú vicina alla verità di quanto pensi...

– Non scherzo, sei tu quella che sa scherzare, io tutt'al piú racconto qualche storiella divertente, che è divertente solo se me l'hai raccontata tu, ma mai come quando l'hai raccontata tu...

– Il fatto è che tu non hai niente da perdere e questo ti rende cosí ostinata, cosí affabilmente crudele.

– Ci vuole qualcosa da perdere, vuoi dire?

– Cosa ne sai di me, andiamo!

– Che hai un lavoro.

– Fatto da me, inventato da me... Cosa credi, che mio marito fosse contento? E io?

– E tu?

– E io?

– Aspetta, aspetta, lasciami provare: «Che credi, che abbia intenzione di fare la mogliettina casa e circolo? Tutta party e beneficenza? Non dovevi sposare me in quel caso»...

– Grosso modo.

– Me lo ricordo quel periodo a cercare di tirar su un'agenzia di «eventi», che voglia dire poi...

– Io quello so fare e quello ho fatto...

– Ecco, su questo, devo riconoscerlo, sei assolutamente superiore...

– ... Mio marito ha un'amante. Non ti azzardare a compatirmi! Le confidenze, a differenza di quanto pensi tu, non servono per farsi compatire. Servono solo per avere qualcuno a cui pronunciare qualcosa che ci diciamo da sempre ma senza un suono, ecco: Mio marito ha un'amante... Da quanto lo so?

– Ecco sí: da quanto lo sai?

– Ha importanza?

– Non so...

– Voglio dire: cambia qualcosa sapere da quanto tempo lo so?

– Credo che possa aiutare ad analizzare la cosa...

– Ecco, analizzare, non ho mai avuto tempo per analizzare... Quella è roba tua.

– Questo non potevo proprio immaginarlo...

– Siamo nel posto giusto... In bagno, no? Noi le confidenze piú importanti ce le siamo sempre fatte in bagno...

– Ah sí, sí...

– Comunque, sarà stato un anno fa, arriva in agenzia e mi dice...

Le disse:

Sei una donna troppo intelligente per non aver capito quello che sto per dirti... Avrai notato che ultimamente sono stato un po' distratto anche con i ragazzi e questo non deve succedere... Io credo che sia arrivato il momento di dire le cose come stanno...

Non avevo dubbi sul fatto che avresti reagito con civiltà... Non puoi immaginare come mi sento, il solo pensiero di farti del male... Comunque non vi lascerò senza mezzi... Te e i ragazzi, intendo...

Non fare cosí, ho appena detto che sei una donna straordinaria...

Non è da te dire queste cose... Sei una donna risolta... Il vittimismo non ti appartiene proprio. Io sono sicuro che al di là di tutto ciò che ci siamo detti lo sapevamo entrambi da tempo...

Preparati alla guerra allora... preparati alla guerra...

– Cosí è la guerra.

– Ma per te è meglio che stare in pace…

– Sí sí, posso garantire che avere qualcuno da odiare con tutti se stessi è qualcosa che può persino migliorare la giornata. E non occorre nemmeno impegnarsi piú di tanto: basta solo esigere quanto ci è stato sottratto. Lui mi conosce abbastanza da sapere che deve aver paura dal mattino alla sera: sudare davanti al telefono, pensare che un progetto qualunque potrebbe andargli a monte. Io lo conosco cosí bene che posso colpirlo esattamente nel punto giusto. So che lo distrugge essere tenuto nell'incertezza, nel «forse», nel «vediamo», nel «mi faccio sentire»… E lui deve sapere che quando questa tensione avrà definitivamente distrutto la sua pace, quando la sua amante capirà di avere a che fare con un uomo che non potrà mai essere suo e lo lascerà con una letterina di circostanza, io sarò a casa ad aspettarlo e gli darò il colpo di grazia riprendendomelo senza nemmeno chiedere spiegazioni… Perché mi spetta, è mio!

– E si ritorna a questa casa...

– Già, si ritorna a questa casa: è vero, io di questa casa non ne avrei bisogno, anzi non ne ho bisogno. Ma...

– Ma?

– Ma ho appena giurato a me stessa che non rinuncerò mai piú a niente.

– Perché, a che cosa avresti rinunciato nella tua vita, eh?

Alessandra aveva una marea di circostanze da citare:

Quella volta che risi per la barzelletta che non faceva ridere dello zio a tavola e lui, che aveva un po' di stima nei miei confronti, cominciò a odiarmi.

Quella volta che mi feci convincere dalla mamma a non dirti che avevo preso il massimo dei voti, all'esame di ammissione.

Quella volta che m'impedirono di maledire nostro padre che se ne andava.

E quando decisi di sposarmi.

Quella volta che accettai di non fare quel colloquio di lavoro per mio figlio.

Marinella guarda la sorella esterrefatta: – Davvero avevi preso il massimo dei voti?

– Il massimo: ottanta domande, ottanta risposte giuste. E tu?

Marinella risponde guardando il pavimento: – Ottanta domande, trentanove risposte…

– Meno del cinquanta per cento. Eh? – Ad Alessandra piace dare una consistenza all'evidente.

– Non sembrava importante, la mamma diceva che non era importante… – tenta Marinella, facendo il gesto di alzarsi.

Alessandra la blocca con la mano: – E invece sí! – Poi, concessiva, le dà il permesso di muoversi. – Ma va bene cosí…

– No, «va bene cosí» è la tua formula per dire che non va bene affatto…

– Oh, non va bene affatto allora…

Marinella si prende qualche secondo per organizzare la respirazione: – Ti rendi conto che con te è un combattimento costante? Lo vedi anche tu, no, che è impossibile parlarti... Capisco che stai attraversando un periodo particolare...

– Eravamo d'accordo, mi pare...

– Su cosa!?

– Niente pietismi... Sai che c'è? Io non lo so nemmeno perché sono qui. Che cosa ci sono venuta a fare...

– Perché te l'ho chiesto io sei venuta... no?

– Me l'hai chiesto tu, va bene...

– È una lotta costante, te ne accorgi? Non è mai stato semplice parlare con te. Aveva un bel dire la mamma: «Parlaci, dille le cose come stanno»... «Ma le cose come stanno a lei non si possono dire, lo sai com'è fatta»... «Lo so, lo so, ma tu parlaci lo stesso»...

– Ecco, sempre a complottare.

– Oh...

– Nega l'evidenza... avanti! Hai passato la vita a fare la santarellina, quella sensibile...

– E tu hai passato la vita a coltivare rancore. Ogni giorno. A niente sei stata cosí fedele come a quel sentimento... Hai passato la vita a combattere contro tutto e tutti. Sei una foresta piena di bestie che lottano per sopravvivere, per uno spazio nello specchio d'acqua, cosí sei: talmente delicata nei tuoi equilibri che non accetti nessun aiuto e tutto ti sembra pericoloso...

– Hai finito? – Alessandra aspetta un secondo che Marinella faccia cenno di sí. – Bene, vorrei spiegarti una cosa allora: non c'è nulla, nulla che tu possa dire a questo punto che possa essere determinante per la mia vita. Ecco, sai quanto sto meglio ora che l'ho detto? Ma dove sta scritto che io debba accettare qualcosa da te, eh? Solo perché sei mia sorella? Hai passato la vita sull'altare del sacrificio con la lama a un millimetro dalla gola, ma nessuno ti teneva stretta... Potevi alzarti, liberarti... Ma liberarti? Quando mai? Non sia mai che libera, completamente in tuo possesso, fossi costretta a concludere qualcosa. E invece che cosa c'è di meglio di essere una perfetta nullità...

– Non c'è piú niente di quello che dici che possa ferirmi... Le feste, vogliamo parlarne: «Tu qui, tu lí... guardate i segnaposti... aspettate a sedervi... prima gli aperitivi...»; «Il centro tavola l'ho fatto fare apposta, lo direste che sono fiori di cavolo?» Ohh... Stupore... E chi non era abbastanza stupito rischiava di rovinarsi la serata.

– Passavo i mesi a preparare tutto!

– Per chi? Forse se riuscissi a rispondere a questa semplice domanda sarebbe tutto piú facile...

– È il mio lavoro, fare felici gli altri, soddisfare le loro stupide aspettative, è per questo che scelgono me.

Nella piccola stanza da bagno le parole stanno intrappolate, ci vuole del tempo prima che trovino una fessura per fuggire. Alessandra s'intestardisce a osservare il segno sottilissimo di una crepa sulla parete dello specchio. – Tutti io li ho presi i colpi, altroché… – riprende, – tutti io… Ho passato gran parte del mio tempo a convincermi di essere abbastanza forte da reggere a qualunque rovescio. Sei tu, tu, mi sono detta sempre. Sei tu. E se sai questo non c'è niente che ti possa atterrare. L'incertezza dentro alla quale siamo vissute la conosci bene, lí non c'era altra strada che affilare le armi… Affinare le strategie… Non farsi mai cogliere impreparati. Cosí, forse è vero, ho finito per espormi a ogni attacco, a ogni offesa… Buffo no? Quanto piú si pensa di fortificarsi tanto piú ci s'indebolisce…

– Dipende dal fatto di ostinarsi a combattere contro la propria natura, io credo.

– E quale sarebbe la mia natura? Sentiamo.

È una domanda a cui Marinella proprio non vuol rispondere. «Diglielo adesso», sussurra a se stessa: – Ho incontrato qualcuno… – dice d'un fiato.

– Ma come?

– Eh…

– Ma come? Tutto… Devi dirmi tutto!

– Che ne so… Hai presente quei pomeriggi in cui sembra che non debba succedere niente… Non è che ultimamente sia stato un periodo troppo roseo per il mio lavoro: sai com'è… ci pagano quando ci pagano… Comunque sono uscita prima e… Ho vagato per un po'. Non hai idea che cielo c'era, da innamorarsene. Di un azzurro strano, come se fosse il primo cielo che vedevo in vita mia… Ti sei mai chiesta queste cose? Comunque è cosí che è andata, sembrava la fine di tutto e invece tutto è incominciato... Sono entrata in un bar e lui era lí... E mi ha chiesto se volevo bere qualcosa...

– E tu?

– No, non è come pensi. Semplicemente mi son detta: «Va bene, stai precipitando, diventi vecchia e inanelli un fallimento dietro l'altro, tanto vale accettare qualcosa di caldo».

– Ci sei andata a letto? Ci sei andata a letto. E magari ti sei anche innamorata. Che devo fare con te? Ma da quanto tempo?

– Mah, sarà piú o meno un anno...

– Un anno? E me l'hai tenuto nascosto per tutto questo tempo...

– No, che nascosto... Lo sai come vanno queste cose, no? Volevo essere sicura: voglio farmi una vita... E voglio che tu sia felice per questo...

– Lo dici come se la tua felicità dipendesse da me... Non è cosí: per quanto tu ti ostini a pensare il contrario, la nostra felicità non dipende da altri che da noi stessi...

– E non ci sono piú le mezze stagioni...

– Fai la spiritosa con me? Io al tuo posto non sottovaluterei l'importanza dei luoghi comuni... Le società sopravvivono grazie a quei tre o quattro impavidi che hanno la faccia tosta di ribadirli senza pudori... Cosí la sorellina si è innamorata...

– Sí, credo di sí...

– Credi?

– Sí.

– E chi è lui, lo conosco?

– Lo conosci? – Ripetere la domanda non la rende piú tranquilla. – No, non credo tu lo conosca… Anzi sono sicura che non lo conosci affatto.

– Quindi è qualcuno del tuo ambiente?

– Non esattamente… L'ho incontrato in quel bar…

Marinella avrebbe dovuto raccontare di quel peso che sentiva costante tra la nuca e le spalle, come se fosse costretta a portare un collare d'acciaio, da quando aveva incontrato Giulio al bar, e lui le aveva offerto da bere, e lei aveva accettato. Poi avevano parlato a lungo e lui aveva detto che faceva uno strano effetto riuscire a parlarsi cosí tranquilli. E avevano riso perché a entrambi sembrava strano trovarsi lí. Si erano sentiti strani e diversi, fuori da tutto, come se l'essersi incontrati per caso in un bar, quel pomeriggio, fosse un evento di qualche peso.

Marinella, mentre rideva ad ascoltare i piccoli guai lavorativi di Giulio, notò che aveva gli occhi verdi. E glielo disse. E lui scosse la testa per significare che non gli era rimasto piú niente che valesse la pena d'essere guardato. Marinella capí che il pericolo di scoprirsi si stava materializzando in tutta la sua forza. Infatti al secondo cocktail scattarono le confessioni.

Ad Alessandra scappa da ridere. Marinella la guarda in attesa, sa bene quanto sia imponderabile l'allegria di sua sorella. – Che c'è? – chiede alla fine arrendendosi.

– Che c'è cosa? – chiede a sua volta Alessandra.

– Ridi.

– Sí, mi fa strano che siamo qui in bagno a dirci le cose... Queste cose, poi. Non è che tu mi hai parlato spesso delle tue faccende amorose... – «Faccende amorose» è una formula che Alessandra sente confacente alla situazione.

– Forse fino a ora non c'è stato granché da raccontare –. La constatazione di Marinella scaturisce del tutto sincera.

– Io ti dicevo tutto.

– Già... Cosí sostenevi, perlomeno.

– Che vuoi dire?

– Beh, che è piuttosto difficile dirsi proprio tutto nonostante la buona volontà.

Restarono cosí ad ascoltare lo sciabordio di un coccodrillo che planava nell'acqua come un'isola vagante, gli occhi fuori dalla linea di galleggiamento pronti a intercettare una qualunque sciocca bestia talmente assetata da osare avvicinarsi troppo alla riva del fiume...

– Insomma vi incontrate e tu capisci che si tratta dell'uomo della tua vita...

– In sintesi, – sussurra Marinella.

– Ma è stato lui a parlare per primo? – incalza Alessandra.

Marinella carica aria nei polmoni: – Non so, – dice, – chi lo sa come vanno esattamente queste cose...

– Va bene, ma che vi siete detti? – Ora la curiosità di Alessandra non sembra nemmeno invadente. Al contrario ha impostato un tono improvvisamente caldo.

– Beh, ci siamo detti le solite cose...

Cose del tipo che lui avrebbe scelto Marinella se solo l'avesse guardato, allora, quando erano giovani, come lo stava guardando adesso. Poi raggiunsero i cunicoli del dire e non dire, sapendo che in quel preciso frangente tacere era esattamente come dirsi tutto. Le formule tipo: «ci siamo capiti, no?»; «non è il caso che vada avanti»; «non farmi dire altro». E quelle tipo: «sono anni che non funziona»; «l'abbiamo fatto per i ragazzi»...

Fecero sesso quella sera stessa, potendo dire, a ragione, di aver bevuto parecchio.

Eppure quando si videro la seconda volta e poi la terza erano totalmente sobri.

– Prima mi hai chiesto cosa dicesse di te la mamma, vuoi saperlo veramente? – La voce di Alessandra è di una pasta straordinaria. Marinella non risponde, pare rapita da una riflessione profondissima. Perciò Alessandra prosegue da sola: – Diceva: «Vedi, figlia mia, tua sorella può perdere tante battaglie, ma alla fine vince la guerra».

Marinella si risveglia di scatto: – Lo so dove vuoi arrivare... – Per lei, ormai, è come quando si ha paura dei cani, una paura dettata dall'esperienza... E per quanto ti assicurino che sono docilissimi, abbaino e basta... – Adesso dirai che è stata la stessa cosa con nostro padre...

– E si capisce: ora vedi tutto alla luce di quest'amore appena nato... Eh già, è innamorata, lei...

– Che fai, pretendi negli altri il tuo cinismo? Insieme a quei quattro che ribadiscono i luoghi comuni, magari questo mondo ha bisogno di qualcuno che sappia apprezzare un po' di poesia...

– Comunque sto aspettando che tu lo dica:

«Guarda che papà magari aveva pure qualche ragione per fare quello che ha fatto»... Dillo!

– Sí! Magari è proprio cosí! Mi sono detta che se capita di non conoscere una persona che ti sta affianco per piú di vent'anni, figurarsi cosa puoi saperne di un padre che se ne va di casa quando tu non hai ancora dieci anni...

– E con questo cosa vorresti dire?

– Niente, davvero, niente, va bene cosí... Comunque una cosa te la voglio dire: sono stufa di fare tutto di nascosto per non irritarti... Per tutta la vita mi sono chiesta che cosa avresti pensato tu, che cosa avresti detto tu, prima di farlo.

– E che cosa ti aspettavi che dicessi?

– Una cosa qualunque.

– Per quanto tempo sei venuta qui a fare la smorfiosa con il tuo paparino?

– Due volte... la settimana... L'ultimo mese...

– L'ultimo mese?

– Sí... Tu proprio non ti ricordi, eh?

– Che cosa?

– Eravamo qui, sedute proprio dove siamo sedute adesso, e lui ci dava le spalle, si stava facendo la barba... E mentre si radeva ci raccontò quella storia...

Era la storia di un'isola comparsa al largo della Sicilia in seguito a un terremoto. La crosta terrestre si era crepata come un tozzo di pane secco spezzato da due mani gigantesche. Il mare aveva cominciato a ribollire. Cosí, con una spinta dal basso, l'isola era comparsa. Dove prima c'era solo la distesa orizzontale dell'acqua ora campeggiava la terra emersa. Un'isola costituita da due monti identici, come i due seni appuntiti di un'enorme sirena che nuotasse sul dorso...

Prima di proseguire Ernesto aveva teso la pelle della mascella avvicinandosi allo specchio per saggiare il grado della rasatura. Alessandra e Marinella lo ascoltavano rapite.

...Potevano immaginare lo stupore dei naviganti, pescatori, o capitani di corvetta, o semplici mozzi, se mai si fossero trovati in quel tratto di mare ribollente nel momento esatto in cui l'isola era comparsa dal nulla degli abissi. Roccia lucida, corazza di pachiderma, predatore galleggiante.

Alessandra non aveva mostrato nessuno stupore,

il suo incanto si era spento in un attimo, perché le isole non compaiono improvvisamente.

Ernesto aveva smesso di radersi, aveva guardato la figlia attraverso lo specchio. Nei suoi occhi poteva pesare la fatica immensa dell'amare e odiare, contemporaneamente. Cosí l'aveva affrontata, le aveva dato della saputella. Esistevano libri in cui questa storia era attestata, fior di studiosi che se n'erano occupati. Ma Alessandra non si arrendeva, affermava che non era possibile che esistesse una terra del genere perché le terre sono fatte per essere calpestate, e magari dentro di sé, anche se non sapeva esattamente come, voleva dire che le terre servono per accogliere la vita.

A Ernesto non era sfuggito il non detto. Si era asciugato il viso e si era voltato verso le figlie. Aveva chiesto ad Alessandra che volesse dire, quale fosse il motivo della sua inquietudine. Ma sapeva di conoscere già la risposta.

Era stato allora che Marinella aveva fatto quella domanda che nessuno sembrava voler fare. Aveva chiesto in che terra poteva dirsi nato qualcuno che per caso fosse stato partorito su quell'isola destinata a scomparire.

E il padre l'aveva presa in braccio: aveva risposto che sarebbe nato comunque su quell'isola, e che il fatto che non ci fosse piú non significava che non avesse una terra...

Alessandra ha una reazione strana, anziché opporsi pare concedersi: – Non ricordo nessuna storia, – dice, ma come dicesse l'opposto.

– Sí che ricordi... Io credo che nostro padre volesse dirci qualcosa di preciso –. Sta parlando con la sorella come se avesse paura di risvegliarla.

– Certo, che se ne sarebbe andato, voleva dirci –. Alessandra scuote la testa, sembra stanchissima. – Anzi, sai che ti dico? Me ne vado anch'io! Avevo giurato di non metterci piú piede qua dentro!

– Eppure ci sei ritornata!

– Sí, è vero, ci sono venuta per una buona ragione... per un'ottima ragione... Ma lasciamo stare...

– No, non lasciamo stare: avanti, che ragione?

– Per te ci sono venuta! Per te!

– Per me?

– Pensavo che se nostro padre l'avesse saputo da me, quanto lo disprezzavo, forse non avrebbe avuto problemi a lasciarti ogni cosa...

– Ma non c'era motivo... Volerlo insultare, amareggiarlo... Stava morendo!

– Ci aveva abbandonato.

– Magari non ha avuto scelta!

– Ah no? E dimmi allora...

– Dirti che cosa? Non lo so... Non siamo mica delle bambine... – Marinella si mette a sedere meglio. – Sto studiando una teoria di Fisica, – butta lí, – che ha a che fare con la necessità di trovare un punto in comune. Una teoria generale del Tutto. Dice che esiste un punto in cui anche le ipotesi totalmente antagoniste coincidono. Un unico punto certo difficile da trovare, ma che vale la pena cercare... Ecco, io penso che adesso riuscire a combinare il nostro personale livore con la morte di quest'uomo che è stato nostro padre sia difficile come trovare un punto in comune tra la meccanica quantistica e la relatività generale...

– ... Oh Dio Santo!

– ... No, lasciami finire...

– Prego, mi metto comoda però...

– Questa casa forse per noi ha rappresentato quel punto... Siamo qui, capisci? E magari sarà l'ultima occasione che abbiamo per essere del tutto sincere l'una con l'altra.

– Ma chi ti ha detto che m'interessi la tua sincerità? Ma cos'avete tutti con questa mania della sincerità! Tu sei sincera solo per lavarti la coscienza, tutto qui, ma io non so che farmene della tua sincerità, quindi fammi un favore, menti. Continua a mentire...

– … Su cosa?

– Su tutto… Teoria generale del Tutto: ecco, continua a mentire su tutto.

– Io volevo dire che deve esistere un momento, un'azione… Qualcosa che spegne questo dolore. Questa specie di silenzio che ci portiamo dentro anche quando parliamo.

– Ma tu ti ricordi di quando siamo andate al mare? Avevamo sei o sette anni…

– Non mi ricordo…

– … Appunto…

– Che ci posso fare se non mi ricordo?

– Avevamo ancora un padre allora…

– Raccontami.

– Lasciamo perdere.

Marinella ricordava benissimo:

... Era una giornata calda di luglio inoltrato, la madre e il padre stavano ancora insieme. Alessandra e lei avevano chiesto di poter giocare sulla battigia. La madre aveva detto di sí, che tanto l'acqua in quel punto era bassissima e non poteva succedere niente... Il padre invece aveva guardato dritto negli occhi Alessandra, che già da bambina scrutava il mondo come fosse un nemico. Poi si era alzato e aveva infilato un paletto nella sabbia bagnata dicendole di non spostarsi oltre quel punto: quel paletto era il limite. Alessandra non aveva detto nulla, sapeva benissimo perché il padre avesse parlato al singolare. Non aveva detto nulla, nel senso che il suo sguardo era talmente lineare che parlava con piú esattezza della sua bocca. E infatti proprio mentre rispondeva di sí al padre, quello sguardo diceva no: «Tu ti distrarrai», diceva. Dopo pochi minuti il paletto s'era misteriosamente spostato in là, poco, un passo appena, ma si era spostato... Di pochissimo. Cosí il padre si era alzato dalla sedia sdraio, aveva afferrato il paletto e lo aveva posizionato esattamente dove era infilato poco prima…

Alessandra sfidò il padre nella gara dello sguardo: nei suoi occhi c'era scritto che ci avrebbe riprovato non appena si fosse distratto… Cosí passarono altri cinque minuti e il padre notò che il paletto era stato nuovamente spostato in avanti, senza pudore, addirittura piú il là di quanto fosse successo prima… Si alzò e lo riposizionò. Solo a quel punto sua moglie lo guardò con riconoscenza, perché lui era disposto a prendersi la responsabilità di farsi odiare. Quando lui si risedette lei gli sussurrò che erano solo due bambine, che poteva essere piú indulgente. E lui le disse che non era finita, che non sarebbe mai finita quando si aveva a che fare con qualcuno che ti guarda in quel modo. Infatti, il tempo di leggere un trafiletto sul quotidiano e il paletto non era piú al suo posto…

Tutto questo Marinella lo ricordava perfettamente, ma capiva che ricordare non le spettava affatto, che quella era la prerogativa attraverso la quale sua sorella poteva esercitare il potere di cui aveva bisogno per darsi un senso.

Ricordava la spiaggia e quel particolare odore prodotto dalle alghe marcite, ricordava il colore della vestaglietta della mamma, e la stoffa a righe rosse della sdraio. Ricordava se stessa che taceva mentre il padre sgridava Alessandra e ricordava quanto lei ci tenesse ad apparire colpevole nonostante sapesse di non aver mai toccato l'asta.

– Non è vero niente… – dice Marinella non riuscendo a concepire un risarcimento migliore dei suoi danni.

– Che cosa? – domanda Alessandra.

– Che ho incontrato qualcuno… – chiarisce Marinella con un tono dritto che stupisce lei per prima.

– Cosa vuol dire che non è vero niente… – Alessandra ora è davvero disorientata.

– L'ho inventato, non c'è nessun uomo: mi sembrava…

– … Ma perché?

– Mi sembrava…

– … Che cosa ti sembrava? Eh?

– … Oh, che ne so, mi… sembrava e basta… E poi valeva la pena di raccontarti quella cosa solo per vedere che faccia hai fatto…

– Non ho fatto nessuna faccia… Cosa dici? Che faccia?

– Infelice. «Vuoi vedere che per una volta lei ha qualcosa che io non ho?» ti sei detta, ecco come avevi la faccia…

– E adesso che faccia avrei? – Alessandra non crede alle sue orecchie.

– Sollevata, si direbbe…

Alessandra accusa il colpo, con violenza: – Sollevata? Come si possono solo pensare cose del genere? Sollevata per la tua infelicità? È questo che pensi davvero? – Il labbro superiore vibra appena. – Sappilo, è in momenti come questo che mi sembra, anzi ho la certezza, di aver perso su tutti i fronti. Ho come la sensazione che tutte le cose migliori mi siano sfuggite dalle mani… Sarà che davvero ho passato un numero infinito di giorni a trovare ragioni, a fornire spiegazioni, quando non c'erano spiegazioni… Ecco… Non è orribile che occorra diventare vecchi per avere questa chiarezza?

– Perdonata? – chiede Marinella.

Alessandra si finge offesa, ma le scappa un sorriso: – Com'è quella teoria?

– Del Tutto.

– Sí, del Tutto: la teoria del Tutto in un cesso –. Ora ridono piano come se avessero paura di farsi sentire. – Perdonata, – sussurra Alessandra. – Forse adesso è il momento giusto per dirmi quello che stavi per dirmi, – aggiunge, e nella sua voce c'è un tono caldo.

– Stavo per dirti quando?

– Prima…

– Prima quando?

– … Prima quando?

– Eh, dimmelo tu...
– Che cosa?
– Non so che cosa: sei tu che hai iniziato.
– Mi prendi in giro... Ho qualcosa da dirti io, piuttosto: si tratta del motivo per cui sono venuta qui, del motivo per cui ho voluto incontrare quell'uomo dopo quarant'anni... Sai, c'è un particolare che la mamma ha sempre omesso, una cosa sciocca può essere, ma per me era importante...
– Non so se voglio saperlo a questo punto...
– Come non detto allora.
– Va bene, va bene...
– Magari resterai delusa, ti aspetterai chissà che e invece è una sciocchezza...
Il fragore di una goccia comincia a invadere lo spazio...
– No, va bene.
– È solo una circostanza che non abbiamo mai considerato: tu eri malata, si pensava che potessi morire...
– Lo so, ero troppo piccola per ricordarmene...
– Non tanto, avevamo otto anni...
– Otto anni? Avrei detto meno... La febbre meningitica...
– Esatto, cominci a ricordare adesso?
– Sí... certo, andavamo già a scuola...
– Appunto... Quell'uomo era ancora a casa...
– Sí... Papà...
– Non capisci?

– No… che cosa?
– Quand'è l'ultima volta che l'hai visto?
– Poco prima che morisse…
– Non ora, intendo, allora…

A Marinella occorre fare uno sforzo terribile: – A scuola, quando venne a prendermi perché stavo male, prima che mi ricoverassero… O Dio, ci penso solo perché mi ci fai pensare…

– A scuola, brava… E poi?
– E poi basta…
– Esatto… Prima c'era e poi non c'era piú… Ma davvero si può diventare talmente crudeli da andarsene in quel modo…

Se ne stanno in silenzio, col rubinetto che ha ripreso a sgocciolare come se avesse una vita propria. Come se avesse qualcosa da confidare.

Stettero sedute ad ascoltare. Sentirono con chiarezza la voce di un uomo che aveva parlato con la sua immagine allo specchio, in quello stesso bagno.

E diceva che non aveva avuto nessuna scelta. Che non c'era stato modo di aiutarle, ma che c'era la possibilità che, se l'avessero odiato abbastanza, avrebbero trovato le energie per andare avanti... No, non era stato facile. Diceva che da madri e mogli avrebbero capito. Avrebbero capito che non aveva avuto scelta, semplicemente, che pensava di averla e invece non ce l'aveva... Era stato come avere una brutta malattia... Come quando uno si dice: non è capitato a me... Poi arrivano i referti e risulta che è proprio a lui che è capitato perché è fallibile, inerme... Sussurrava che per tutti gli anni trascorsi aveva tentato disperatamente di evitare qualunque spiegazione, perché per quanto si sforzasse non aveva trovato niente di piú consolatorio da dire se non che se n'era andato perché aveva raggiunto il suo limite. Non si poteva affermare che non si fosse sforzato: otto anni non sono uno sforzo da poco. E tuttavia aveva dovuto dichiararsi sconfitto. Diceva che forse avevano avuto ragione le figlie a pensare che non le avesse amate abbastanza, comunque aveva piena coscienza del fatto che non c'era niente di giusto da dire in questi casi. Lo sapeva, lo sapeva, lo sapeva, lo sapeva, l'aveva sempre saputo che qualunque cosa avesse detto, qualunque concetto avesse elaborato, non sarebbe stato nient'altro che un modo goffo per nascondere la verità, e la verità era che lui il padre non voleva farlo.

– Secondo te quanto vale quest'appartamento? – fa Alessandra.

– Non volevi dire questo, vero?

– E chi lo sa? È possibile che ci avesse visto giusto, magari lui...

– ... Nostro padre.

– Lui magari aveva capito qualcosa che nemmeno io avevo capito...

– E sarebbe?

– E sarebbe che mi sarei attaccata a tutto pur di non considerare persa la partita.

– A questa casa, certo... la teoria del Tutto.

– A questa casa, anche all'ultima inutile cianfrusaglia che contiene... A tutto...

– Dovresti perdonare...

– Dovrei imparare a vendicarmi, invece... Dovrei imparare che basta voltarsi indietro per perdere anche quelle labilissime certezze che siamo riuscite a costruirci. Eppure non lo imparo... Mi ostino a sbagliare sempre allo stesso modo... Anche adesso che sono una donna sola.

– Vedi come parli? Non sei sola... Hai i tuoi figli...

– Che non saranno diversi da come siamo state noi... Avranno la loro vita... Avranno tante di quelle cose da rimproverarmi... Se ne andranno... Già se ne vanno...

– Ma questo non significherà certo essere soli, che cosa dovrei dire io allora...?

– È diverso, non avere figli ti rende piú salda, piú presente a te stessa... Ma chi l'ha detto che i figli ti rendono piú forte...? Ti indeboliscono invece, ti rivelano posti colmi di paure che nemmeno immaginavi... Accidenti, questa malinconia mi ucciderà... Andiamo via?

– Ancora una cosa...

– Sentiamo.

– Credi che papà se ne sia andato perché si era reso conto di non poter fare niente per salvarmi?

– No, non lo credo.

Stanno in silenzio per un bel po'.

– Senti?

– Cosa...?

– Questo posto –. Marinella si avvicina ancora di piú alla sorella, sono fianco a fianco ora, quasi si sfiorano. – Ti parla. Lo senti che ti parla? Lí è dove si faceva la barba... Davanti a quello specchio che conserva la sua faccia... Te lo ricordi?

– Sí, ci sedevamo qui, sul bordo della vasca, per guardarlo mentre si radeva...

– Era impossibile trovare due bambine piú innamorate di quanto fossimo innamorate noi...

– Che stupide... Che stupide...

Ma ci basta

– C'è nessuno? – La vicina entra in casa senza aspettare una risposta.

Marinella spunta dal bagno: – Ah, è lei...

– Sí sono io, sono entrata con le mie chiavi...

– Ah... – commenta Marinella incapace di replicare.

– Sieda... – ordina la vicina indicando il divano. – Sua sorella? – chiede.

– Lei è meglio lasciarla dove sta... La conosco, bisogna darle il tempo di...

– Il tempo, certo... Vede? Una si distrae un attimo ed ecco quello che succede... Un campo di battaglia... Trincee. Tutto da fare, tutto da rifare...

– Beh, occorre trovare un modo per andare avanti...

– ... Trovare un modo, certo... Anche se a volte non c'è un modo se non dirsi le cose come stanno... A troppi non piacciono piú le cose come stanno, l'ha notato?... Ormai tutti vorrebbero le cose come piacciono a loro... Ma non sempre è possibile, anzi quasi mai è possibile, quando capita è tutt'al piú una coincidenza... Una coincidenza, non certo la norma... Concorda? – Marinella fa un gesto che non è sí e non è no. La vicina decide per il sí. – Bene, allora capirà che la situazione è di quelle che esigono chiarezza –. Detto ciò si sfila dalla tasca un foglio piegato in quattro e lo allunga a Marinella. Lei lo prende, legge con calma. Poi, conclusa la lettura, guarda la vicina che a sua volta accenna. Quindi ripiega il foglio e lo restituisce.

– Bene...

– Bene, – approva la vicina. – Sorge un problema, dunque...

– Un problema? Non vedo problemi, – minimizza Marinella. – L'importante è che sia tutto chiarito...

– Sieda, sieda! – ordina di nuovo la vicina. Marinella obbedendo si siede, ma precariamente, come fosse pronta a scattare in piedi... – Ora sorge un problema, mi sa... – ribadisce.

– Se lo dice lei...

– Beh, come la definirebbe la necessità di mutare radicalmente la propria prospettiva? Questa casa per esempio... Che pensavate vostra...

– Ah, che sciocca, sí... La prospettiva... Non avevo colto, sa? Forse perché le prospettive non sono mai state il mio forte... Mia sorella forse, non io di certo, – chiarisce indicando il bagno.

– Da qui il problema... – Brandisce la lettera. – Ha letto bene, no? È tutto chiarissimo, mi pare… Vostro padre, Ernesto, ha espresso il desiderio che questa casa restasse a me…

– Chiarissimo…

– Non mi sembra granché convinta…

– Le ho dato quest'impressione?

– Esattamente.

– Dipenderà dal fatto che la mia testa ha capito… Certo… Ma…

– Ma?

– Non so… Papà non ha mai detto niente… non ha mai accennato a questa cosa…

– Eppure esiste un momento preciso in cui «questa cosa» è stata decisa…

– Un momento in cui lei era presente, devo presumere…

– Vede che a scavare le persone si assomigliano?

– Intende dire che questa è una cosa che avrebbe potuto dire mia sorella? Capita, a volte. Ma lei lo pensa davvero?

– Che cosa?

– Che sia tutto chiarito, lo pensa davvero?

– Mah ecco, in ogni caso…

– … In ogni caso sa che le dico? Io questa casa non la voglio –. Marinella avanza verso il quadro che raffigura la marina in tempesta proprio nell'atto di ingoiare l'isola. – Io, per quanto mi riguarda, voglio solo questo, – dice indicando il quadro. – Per il resto va bene cosí, – conclude.

– E no che non va bene… – La vicina pare delusa dall'ipotesi di non dovere combattere piú di tanto. – Non va bene per nulla... Il punto sarà trovare un modo per parlarne a sua sorella.

– Si troverà un modo.

– Sí... Bisognerà trovare il modo... Il punto è sempre trovare il modo. Crede che non me lo sia chiesta anche oggi? «Qual è il modo?» mi sono chiesta... Oh, ero lí lí poco fa... Ma lei capisce che di fronte a tanta ostilità... Non parlo di lei chiaramente, io so che lei è stata piuttosto assidua, suo padre lo diceva, lo diceva... Intendo l'altra...

– Bene, ci penso io allora, ci penso io. Lasci fare a me. Si tratterà di fare teatro, io e lei. Lei mi guarderà e mi seguirà, si fidi di me, conosco mia sorella, bisogna portarla esattamente dove è necessario che vada. Lei può sopportare tutto, ma non l'idea di non avere scelta. Chiusa in un angolo diventa aggressiva...

– Ho visto.

– Allora questa lettera di mio padre resta tra noi, non sarà necessario dirle niente, sa bene anche lei del resto che, legalmente, vale quel che vale... Non basta scrivere: «Questa casa, queste poche stanze, e tutto quello che c'è dentro va a...», non basta... Lo capisce?

– Credo di sí...

– E allora, lo vogliamo evitare questo calvario atroce di rivendicazioni e avvocati? Mi dica lei...

– Che cosa ha in mente?

– Teatro, l'ho detto prima... Teatro.

– Poco fa mi ha chiesto se ero presente quando suo padre scrisse questa lettera… Sí, c'ero. Io insistevo a dire che non doveva farlo, che c'erano le figlie innanzitutto. E lui disse: «Dovranno lottare»… «Dovranno lottare», capisce?

– Capisco. Sono contenta di non aver fatto un'illazione…

– Un'illazione?

– Sí, a proposito del fatto che lei fosse con mio padre quando decise di lasciarle questa casa…

– Sí, sí, c'ero… Ma l'ha detto lei, no, che con due figlie legittime un lascito del genere vale quel che vale…

– Per quanto mi riguarda vale parecchio, indica una volontà precisa, non trova?

– Magari indica solo una reazione…

– È possibile, ma non cambia niente, secondo me…

– Beh, cambia… Lei gli ha dato un dolore immenso, sa?

– Lo so, lo spero…

– Lo spera?

– Ma guardi che se si riferisce alla notte della vigilia di Natale devo dirle che non è stato premeditato… È successo…

– L'ha aspettata in piedi, con la tavola apparecchiata, «Arriva, – diceva, – arriva…» Dopo due ore, quando fu chiaro che lei non sarebbe arrivata come promesso…

– Ascolti, chiudiamola qui, va bene? Chiudiamola qui...

– E chiudiamola pure, ma la situazione non cambia... Ha aspettato qui e diceva: «Ha detto che arriverà». Cosí ha aspettato! E io a dire: «Avrà avuto qualche problema». Era tutto apparecchiato... Cosí ho capito...

– E che cosa avrebbe capito?

– Che la sua «bontà» era crudele almeno quanto l'ostilità di sua sorella. Lui era lí solo, con la tavola apparecchiata, aspettava lei... È morto qualche ora dopo...

– Lo so.

– Ecco, era esattamente quello che intendevo. Nell'ultimo mese l'aveva illuso di avere ritrovato una figlia perduta e poi...

– E poi... niente... – s'inserisce Alessandra come palesandosi dal nulla.

– Magari volevo capire... – In presenza della sorella, Marinella riprende il tono giustificatorio.

– Certo, capire, – interviene Alessandra sovrastandola. – Si può impazzire se non si capisce, sa? Quell'uomo ha aspettato da solo qualcuno che non è mai arrivato... e allora?

– Lui era lí... – rivela Marinella guardando fisso Alessandra. Parla come se la vicina non fosse a due passi da loro. – C'era... Mi fissava, si teneva distante. Quando tu chiedevi alla mamma: «Dov'è papà?» e la mamma si premeva il fazzoletto sulla bocca... Lui era lí poco distante, in fondo alla corsia... Voi non lo vedevate, ma io sí: mi faceva un cenno con la mano...

– L'hai immaginato. Avevi la febbre altissima, non si sapeva nemmeno se avresti superato la notte... E lui non c'era.

– Era lí, – conferma la vicina con convinzione.

– Che cosa? – chiede Alessandra.

– Me l'ha raccontato lui...

– Ah, i racconti...

– Me lo disse che si trovava là e che vi vedeva mentre vi chiedevate dove fosse, ma che non poteva in nessun modo mostrarsi... Perché quella sera aveva capito che la sofferenza fa paura...

Alessandra ora pare sul punto di piangere: – Ah, ecco... è per questo che si scappa da quella dei propri figli...

– Non è scappato... Era qui, in questa casa, a pochi passi da voi... Non ha cambiato la sua vita... Non vi ha lasciato perché avesse in mente chissà quale libertà... Lui non voleva la libertà... – insiste la vicina.

– Non voleva noi.

A chi gliel'avesse chiesto Marinella poteva spiegare che esistono tentativi di dare una risposta a ogni domanda. O perlomeno a ogni domanda importante, come nella teoria generale del Tutto o in quella della Grande Unificazione. Poteva spiegare che forze tremende convivono pacificamente finché non si tenta di dar loro un senso. Magari avrebbe potuto spiegare quanto rischioso potesse essere cercare relazioni impossibili, tentare miscugli inediti. Eppure lei sapeva che in tutta quella complicazione c'era un punto di non ritorno in cui l'unica soluzione era abbracciare la semplicità.

A chi gliel'avesse chiesta, Marinella poteva raccontare l'unica storia che avesse sentito direttamente dalla bocca di suo padre. Era una storia che aveva a che fare col suo bisogno di trovare collegamenti. Era la storia di un'isola comparsa e poi scomparsa, un'isola ritornata in superficie al largo della costa siciliana in seguito a un terremoto... Un lembo di terra di cui tutti ignoravano l'esistenza, ma che c'era, sommersa per secoli, forse per millenni. Presente seppure nascosta agli sguardi. Cosí Marinella aveva sempre immaginato se stessa.

E forse l'idea che esistesse un unico punto in cui cose differenti in tutto potevano trovare una consonanza era gemella dell'immagine di un'isola che c'era a dispetto di chi non la vedeva...

Tuttavia, qualunque cosa volesse dire, qualunque metafora profonda celasse, quella storia l'aveva raccontata suo padre mentre si faceva la barba.

– Semplice, no? – domanda Alessandra.

– Semplice... – fa eco Marinella.

– Certo, semplice, tanto semplice che sembra impossibile da pensare. Quando lei entrò nella sua vita, – ora la vicina si sta rivolgendo direttamente a Marinella, – lui pensò che era stato il destino... Il giorno prima gli avevano detto che gli restava al massimo qualche mese. Cosí quella sera mi disse che aveva avuto una bella e una brutta notizia: «Da quale vuoi che cominci?» mi chiese. Io dissi: «Da quella buona». E lui: «Oggi mia figlia è venuta a trovarmi... Capisci? – disse, – dopo quarant'anni è venuta a trovarmi»... «E la cattiva?» dissi io, lui mi sorrise: «Oh la cattiva è che mi rimangono quattro, cinque mesi di vita»... Io lo guardai ed era sereno: «Mia figlia ha detto che tornerà», disse. E infatti, Marinella, lei è ritornata: due volte la settimana, fino alla notte della vigilia...

– Sí... Sí... Sí...

– Non ascoltarla, non permetterle di fare quello che sta facendo! Lei non c'è, non esiste... È come hai detto tu... È questa casa... – dice Alessandra spostandosi verso la sorella come a proteggerla dalla vicina.

– Certo, io non ci sono... È questa casa, non sente? – conferma la vicina.

Ma Alessandra ha deciso di ignorarla: – Tu vieni a lavorare con me... con me! Basta cosí. E tutto si risolve, non abbiamo bisogno di tutto questo.

– Con te?

– Sí, con me... Con me... C'è tanto da fare là fuori... Ecco, mi sento sollevata.

– E tu puoi venire da me... a casa da me, intendo, certo dovrai contribuire all'affitto...

– Ecco, esatto, noi non abbiamo bisogno di niente... Ti immagini? Lottare per queste quattro mura? Non ha senso... Non ha proprio senso...

Segue un silenzio pieno. Gonfio di pace. Una pace di pianeti che si allineano dopo un vorticare frenetico. La stanza è invasa da un senso febbrile di resa. Le tre donne possono sentire la profondità dei loro respiri. Si trovano nell'occhio esatto del ciclone, in un punto in cui pare verificarsi ogni simmetria possibile.

– La prenda lei questa casa, – propone Marinella, perché sa che quel momento perfetto è brevissimo. Sa che quello è l'unico punto in cui il turbinare trova requie. In cui tutto diventa uno.

Alessandra conferma con entusiasmo: – Non vale nemmeno la fatica di metterla in vendita... Troppa sofferenza qua dentro.

– Se la tenga lei… In fondo è l'unica che sia stata veramente vicina a nostro padre, – rinforza Marinella.

– Io non l'ho mai voluta… questa casa, – conclude Alessandra. – La bruci.

– La venda.

– La demolisca.

– È sua.

– Questa casetta…

– Per quel che può valere…

– Per noi è troppo cara.

– Non ce la possiamo permettere.

Fuori dalla casa le accolse un'aria incredibilmente tiepida. Si abbracciarono, l'una pensando alla busta col suo nome scritto a mano che aveva custodito nella borsa; l'altra pensando al fatto che Giulio la stava aspettando davanti al solito bar. E sciogliendosi dall'abbraccio, Marinella ebbe la tentazione di parlare, ma non lo fece.

Alessandra era pentita di essersi spinta talmente avanti da proporre di lavorare insieme. Marinella dal canto suo era pentita di aver proposto la convivenza, ma si rincuorò in un attimo considerando che neanche la sorella, per quanto la conosceva, era esaltata dalla prospettiva di condividere lo stesso appartamento. Alessandra rise dentro di sé, come fosse comico il pensiero stesso di una vita in comune proprio ora, nel pieno del patetico giro di boa...

Si abbracciarono ancora una volta prima di lasciarsi. Presero la loro strada con tutte le promesse appena fatte ancora in corpo.

Svoltato l'angolo Marinella accelerò il passo, aveva una mezzora di ritardo, ma sapeva che Giulio non se ne sarebbe andato. Ragionò velocemente sulla formula da usare per spiegargli che non se l'era proprio sentita di dire tutto ad Alessandra, perché quella verità sarebbe stata per lei peggio di qualsiasi menzogna.

Gli prese il viso fra le mani costringendolo a guardarla negli occhi, perché capisse che il suo tacere non era stato mentire, ma omettere. Capí che lui non aveva capito, perché gli uomini non capiscono mai quando le donne si rifiutano di fare il lavoro sporco.

Alessandra fece qualche passo col contegno di una donna che cammina sicura di essere osservata. Era esattamente questa sensazione a fare di lei quello che appariva. Camminava come se non avesse nulla da nascondere al mondo, anzi, tutto da mostrare.

Tastò dall'esterno il plico spesso che aveva sottratto dal cassetto del comodino di suo padre. Quando si sentí abbastanza distante dalla sorella si fermò, cercò con lo sguardo un angolo tranquillo, lo vide: era un vicolo chiuso tra due palazzi. Lo raggiunse, aprí la borsetta e ne estrasse il plico, osservò il suo nome scritto con la grafia sghimbescia di suo padre: «Per Alessandra». Aprí piano la busta, ne estrasse un vecchio volume sottile: *Breve ragguaglio al novello vulcano apparso nel mare di Sciacca*, lesse. La luce nel vicolo si era fatta talmente fioca che dovette desistere dal tentativo di leggere oltre. Rimise la busta col suo nome in borsetta dopo averla piegata con cura, uscí dal vicolo, il suo telefono squillò. Rispose cercando con lo sguardo un bidone della nettezza urbana; lo individuò, lo raggiunse, vi buttò dentro il libro, senza mai interrompere la comunicazione.

L'oscurità malinconica di un altro pomeriggio che se n'era andato le sommerse lentamente. La marea violacea di un cielo improvvisamente liquido piombò sopra di loro. «Quanto dolore», pensarono, senza immaginare di pensare la stessissima cosa, «quanto dolore»... Erano emerse per un momento e ora ritornavano giú, ingoiate dallo specchio d'acqua che si spalancava in un gorgo oscuro, schiumoso, nel borbottio del non detto.

Un ringraziamento particolare a Marinella Manicardi, Alessandra Frabetti e Marina Pitta che conoscono molto intimamente questi personaggi.

MF

Stampato per conto della Casa editrice Einaudi
presso ELCOGRAF S.p.A. - Stabilimento di Cles (Tn)
nel mese di ottobre 2013

C.L. 21649

Ristampa								Anno			
0	1	2	3	4	5	6		2013	2014	2015	2016